Müller/Schuchardt

Die Larry Story

DATA BECKER

Copyright © 1990 by DATA BECKER GmbH
Merowingerstr. 30
4000 Düsseldorf 1

3. unveränderte Auflage 1990

Umschlaggestaltung Werner Leinhos

Textverarbeitung und Gestaltung Jürgen Modis

Text verarbeitet mit PageMaker 3.5 (MAC)

Belichtung Graf und Pflügge, Düsseldorf

Druck und buchbinderische Verarbeitung Graf und Pflügge, Düsseldorf

ISBN 3-89011-188-2

Wichtiger Hinweis:

Die in diesem Buch wiedergegebenen Verfahren und Programme werden ohne Rücksicht auf die Patentlage mitgeteilt. Sie sind ausschließlich für Amateur- und Lehrzwecke bestimmt und dürfen nicht gewerblich genutzt werden.

Alle technischen Angaben und Programme in diesem Buch wurden von den Autoren mit größter Sorgfalt erarbeitet bzw. zusammengestellt und unter Einschaltung wirksamer Kontrollmaßnahmen reproduziert. Trotzdem sind Fehler nicht ganz auszuschließen. DATA BECKER sieht sich deshalb gezwungen, darauf hinzuweisen, daß weder eine Garantie noch die juristische Verantwortung oder irgendeine Haftung für Folgen, die auf fehlerhafte Angaben zurückgehen, übernommen werden kann. Für die Mitteilung eventueller Fehler sind die Autoren jederzeit dankbar.

Vorwort

Lieber Leser,

stellen Sie sich vor, es gibt Spaß und Sie sind dabei. Genau das tun Sie nämlich. Sie nehmen teil an einem der größten Späße, die das PC-Zeitalter bisher produziert hat: an den Abenteuern von Larry, Larry Laffer oder besser bekannt als Leisure Suit Larry.

Wer Larry ist, welche Schwächen er hat und welche Stärken, das werden Sie in diesem Buch erfahren. Sie werden von seinen Abenteuern lesen, und Sie werden lernen, wie Sie ihn (und sich selbst) durch die Fährnisse eines nicht immer wohlgesonnenen Schicksals retten können.

Zuvor fühlen wir uns aber noch verpflichtet, Ihnen einige Hinweise zu diesem Buch zu geben.

Leisure Suit Larry´s Abenteuer sind grafisch animierte Rollenspiel-Adventures. Ihr Sinn besteht darin, daß Sie als Spieler die Lösung der verschiedensten Probleme selbst ausknobeln. Rollenspiel-Adventures sind kommunikative Spiele. Sicher werden Sie in Ihrem Bekanntenkreis Leute finden, die ebenfalls mit Larry spielen. Sprechen Sie mit diesen Freunden und Bekannten, und versuchen Sie, im Gespräch mit ihnen eine Lösung der Probleme zu finden, mit denen Larry Sie konfrontieren wird. Wir sprechen aus Erfahrung, denn die Arbeit an diesem Buch hat verschiedene Telefonrechnungen bedrohlich anschwellen lassen und sehr viel Spaß gemacht. Alte Bekanntschaften wurden erneuert, neue geschlossen.

Wir haben versucht, dieser Eigenart der Larry-Spiele in und mit diesem Buch Rechnung zu tragen. Erwarten Sie also bitte keine methodisch und didaktisch aufbereiteten Einführungen in die Welt der Larry-Spiele, an deren Ende die Lösung aller Fragen und die schnellste Möglichkeit steht, ein Larry-Abenteuer zu bestehen.

Dieses Buch gliedert sich im wesentlichen in vier Teile:
Im ersten Teil finden Sie allgemeine Hinweise zur Art, wie Sie sich in der Spiel-Welt zurechtfinden. Sie finden eine Beschreibung von Larrys Sprache, einen kurzen Überblick über Larrys Grammatik und eine – sicherlich unvollständige – Zusammenstellung von Larrys Wortschatz.

Im zweiten Teil des Buches haben wir die Geschichten von Larrys Abenteuern aufgeschrieben. Wir haben uns bemüht, in diesem Teil möglichst wenig Hinweise auf konkrete Problemlösungen (z.B. wie "Tie rope round neck") zu geben, um Ihnen die Freude zu lassen, selbst herumzuprobieren und herauszufinden, ob es nicht auch andere Wege gibt, des Rätsels Lösung zu finden.

Den dritten Teil des Buches sollten Sie mit äußerster Vorsicht lesen: Er enthält die vollständigen Lösungswege zu allen drei Larry-Spielen. Dieser Teil ist dafür gedacht, daß Sie nachts zwischen zwei und vier Uhr, wenn Sie um alles in der Welt nicht weiterkommen, mal kurz nachblättern, sich einen Tip holen und wieder zurückblättern - anstatt Ihre Freunde um die wohlverdiente Nachtruhe zu bringen ("Ich hab' da eine Frage zu Larry...").

Schließlich gibt es noch einen vierten Teil: den technischen Anhang, der in kaum einem Computerbuch fehlt. Dieser Teil enthält detaillierte Hinweise zur Installation der Spielprogramme auf allen Systemen, sei es ein IBM kompatibler PC, ein Atari ST, ein Commodore Amiga oder gar ein Apple Macintosh.

Folgende Larry-Versionen sind verfügbar
(Stand Januar 1990, Ankündigungen sind von Sierra):

Version	IBM PC/AT	Atari ST	Amiga	MAC
Larry 1	Ja	Ja	Ja	Ja
Larry 2	Ja	Ja	Ja	1.Qu. 90
Larry 3	Ja	1.Qu. 90	–	–

Inhalt

1. Allgemeine Spieltips

Bevor wir uns dem eigentlichen Geschehen zuwenden, wollen wir Ihnen in diesem Kapitel einige allgemeine Tips zum Umgang mit den Larry-Spielen geben. Zunächst werden wir Ihnen vorführen, wie Sie sich – beziehungsweise die Hauptfigur Larry – durch die Abenteuer bewegen und wie Sie sich in kniffligen Situationen weiterhelfen können. Dabei ist es leider unumgänglich, daß wir uns auch mit den etwas trockeneren Einzelheiten der Benutzer-Oberfläche der Larry-Spiele befassen.

Im zweiten Teil dieses Kapitels werden wir uns ausführlicher mit der Sprache der Spiele beschäftigen. Erwarten Sie an dieser Stelle aber bitte keinen vollständigen Englischkurs. Alles, was wir Ihnen hier bieten können, sind einige Vokabeln und Übersetzungen, die Sie verwenden können, wenn Ihr Schulenglisch schon etwas eingerostet ist.

1.1 Die Benutzeroberfläche

Vorbemerkung: Hier wird genau beschrieben, wie Sie Larry auf einem PC spielen. Abweichungen davon, die bei anderen Computersystemen auftreten, sind in den speziellen Kapiteln im Anhang zu finden.

Der Weg durch die Larry-Spiele

Auch wenn Sie es schon wissen sollten: der Sinn aller Larry-Spiele ist es, die Figur Larry durch eine Szenerie zu führen und dabei ein Ziel zu erreichen, das man am Spielbeginn noch gar nicht kennt. Mit Hilfe der Computer-Tastatur kann man der Figur befehlen, verschiedene Handlungen auszuführen. Ob eine Handlung erfolgreich ist, also zum Ziel führt, erkennt man in aller Regel daran, daß sich der Punktestand, der immer am oberen Bildrand eingeblendet ist, erhöht.

Dazu ist es zunächst einmal notwendig, die Larry-Figur zu bewegen. Das geschieht über die Cursorsteuerung oder (ab Larry 2) mit Hilfe der Maus. Grundsätzlich kann sich Larry nur in acht Richtungen bewegen: nach rechts und links, nach oben (vom Betrachter fort) und nach unten (auf den Betrachter zu). Die weiteren vier Richtungen befinden sich zwischen den vier Hauptrichtungen – ähnlich wie auf einer Windrose.

Diese acht Richtungen können am leichtesten mit Hilfe der Cursorsteuerung des numerischen Blocks einer Tastatur eingeschlagen werden. Bleibt man beim Beispiel der Windrose, ergeben sich folgende Richtungszuordnungen: "Nord" - <8>, "Nordost" -<9>, "Ost" - <6>, "Südost" - <3>, "Süd" - <2>, "Südwest" - <1>, "West" - <4>, "Nordwest" - <7>. Die mittlere Taste <5> dient dazu, die Bewegung anzuhalten. Sie können jede Bewegung aber auch dadurch anhalten, daß Sie die entsprechende Richtungstaste ein zweites Mal drücken. Jede Bewegung der Figur endet ansonsten damit, daß Larry nicht weiter kann - also gegen eine Wand oder einen Baum rennt. Damit ist jedoch nicht ausgeschlossen, daß Larry etwa über eine Klippe fällt.

Viele Larry-Spieler ziehen die Steuerung mit der Maus der Tastatursteuerung vor. Dazu reicht es, wenn Sie den Mauszeiger auf die Seite der Figur stellen, in die sie sich bewegen soll, und die linke Maustaste drücken. Allerdings wird sich die Figur auch dann nur in eine der acht möglichen Richtungen bewegen - nämlich in die, die Ihrer Angabe am nächsten kommt. Grundsätzlich gilt, daß Larry weder durch Wände noch über Hindernisse hinweggehen kann. Steht etwas im Weg, muß man schon drumherum gehen. Erreicht die Figur den Bildschirmrand, gibt es zwei Möglichkeiten: Entweder geht Larry weiter in ein neues Bild, oder die Welt des Spiels ist zu Ende. Allerdings lohnt es sich immer, auszuprobieren, ob es nicht doch an der einen oder anderen Stelle des Bildschirmrandes weiter ins nächste Bild geht. Einige Übergänge sind ziemlich gut versteckt.

1.1.1 Befehle

Alle Befehle, die nicht die Steuerung der Figur mit Hilfe der Maus oder der Cursortasten betreffen, werden per Tastatur eingegeben. Dazu genügt es, wenn Sie den Befehl ganz einfach eintippen. Die einzige Gelegenheit, bei der Sie nicht unmittelbar einen Befehl eingeben können, ist, wenn eine Meldung des Programmes auf dem Bildschirm steht. Diese Meldungen verschwinden, wenn Sie die <Return>-Taste betätigen. Lesen Sie die Meldung aber vorher gründlich durch. Das ist Ihre einzige Möglichkeit, vom Programm selbst ein paar Tips zu erhalten.

In den einzelnen Larry-Spielen gibt es immer wieder Handlungen, die fest programmiert sind und ablaufen, ohne daß Sie eine Gelegenheit zur Befehlseingabe haben. Warten Sie in Ruhe das Ende dieses Films ab. Mehr können Sie nicht tun. Das Ende des Films ist dann erreicht, wenn die Figur wieder der Cursor- oder Maussteuerung gehorcht. Wenn Sie damit fertig sind, den Befehl einzugeben, drücken Sie einfach die <Return>-Taste und warten ab, wie das Programm reagiert. Sollten Sie - was immer wieder vorkommt - einen Tippfehler gemacht haben, wird das Programm Sie mehr oder minder freundlich auf diesen Fehler hinweisen. Interessanterweise werden die Fehlermeldungen mit jeder neuen Larry-Folge unverschämter, was einigen Anlaß zu Befürchtungen hinsichtlich Larry 8 gibt.

Allerdings müssen Sie nicht bei jedem Tippfehler den ganzen Befehl neu eingeben. Mit der Taste <F3> können Sie den zuletzt eingegebenen Befehl wiederholen. Der Befehl erscheint dann in der Eingabezeile und kann korrigiert werden. Bei Larry 1 haben Sie dazu die Möglichkeit, mit der <Backspace>-Taste zur fehlerhaften Stelle zurückzugehen und von dort den Befehl neu und korrekt zu Ende zu bringen. Ab Larry 2 können Sie innerhalb des zuletzt eingegebenen Befehls den Cursor verschieben und so den Fehler schneller korrigieren. Ab dieser Folge besteht übrigens auch die Möglichkeit, den letzten Befehl nicht nur mit <F3>, sondern auch mit der <Space>-Taste zu wiederholen.

Haben Sie eine neue Szene betreten, sollten Sie sich zu allererst umsehen. Dazu genügt der Befehl "Look" - grammatikalisch nicht gerade schön, aber immer praktisch. Auf diesen Befehl hin erhalten Sie eine allgemeine Beschreibung der Szene, die die Figur nun umgibt. Das erweist sich als besonders praktisch, wenn Sie Larry auf einem PC mit monochromem Grafikadapter spielen. Die Möglichkeiten dieser Grafikkarte sind nun mal begrenzt, und so gibt Ihnen der Befehl "Look" die Möglichkeit, zu unterscheiden, ob nun ein Fernseher oder ein Zigarettenautomat vor Ihnen steht.

Sie sollten alle Gegenstände in einer neuen Szene einer genauen Prüfung unterziehen. Das gilt besonders für die Gegenstände, die das Programm nach dem allgemeinen Befehl "Look" freiwillig nennt. Wenn Sie also einen PC vor sich sehen und ihn näher betrachten wollen, bringen Sie die Figur in die Nähe des PCs, und geben Sie den Befehl "Look at PC". Sie werden in jedem Fall eine Antwort erhalten. Ob ihnen diese Antwort weiterhilft, ist nicht gesagt. Spaß werden Sie aber wohl an der Antwort haben.

Oft lohnt sich übrigens auch ein zweiter, dritter oder vierter Blick: Wiederholen Sie einfach den letzten Befehl ("Look at PC") mit <F3> oder der Leertaste. Mitunter erhalten Sie eine andere Antwort als beim ersten Blick. Um herauszufinden, wie viele verschiedene Antworten das Spiel für Sie bereithält, wiederholen Sie einfach den letzten Befehl so lange, bis sich auch die Antwort wiederholt. Dann wissen Sie bestimmt alles, was über einen Gegenstand in Erfahrung zu bringen ist.

Dasselbe Prinzip können Sie auch bei anderer Gelegenheit anwenden. Wenn Sie zum Beispiel mit einer anderen Figur (meistens einem Mädchen) sprechen wollen, geben Sie den Befehl "talk to girl" ein. Um nun das Gespräch in Gang zu halten, wiederholen Sie den Befehl so lange, bis sich auch die Antworten des gelangweilten Mädchens wiederholen. Das ist ein sicheres Zeichen, daß die Figur alles gesagt hat, was sie sagen konnte.

Bisweilen erhalten Sie auf Befehle andere Antworten, als Sie erwartet haben. So kann es zum Beispiel passieren, daß das Programm sich wie ein bockiges Kind weigert, die eine oder andere Aktion auszuführen. Auch hier hilft mitunter die Befehlswiederholung mit <F3> oder der Leertaste.

Inventar

Die Aktionen, die Larry ausführt, zielen alle mehr oder minder unmittelbar darauf ab, in den Besitz verschiedener Gegenstände zu gelangen, mit denen er seinem Ziel näher kommt.

Um nicht den Überblick zu verlieren, welche Utensilien Sie bereits haben, bieten die drei Spiele die Möglichkeit, kurzfristig zu überprüfen, was Larry alles bei sich hat. Wenn Sie die <Tab>-Taste drücken, erscheint auf dem Bildschirm eine Auflistung aller Gegenstände, die Larry bei sich trägt. Sie brauchen sich bei dieser Auflistung, die schon mal unglaubliche Größe annehmen kann, keine Gedanken über das Fassungsvermögen von Larrys Taschen zu machen. Schließlich ist es nur ein Spiel, und im Spiel ist nahezu alles möglich.

Die reine Aufzählung aller Gegenstände allein bietet nicht immer den nötigen Überblick. So haben Sie auch die Möglichkeit, sich jeden der Gegenstände, die Larry bei sich trägt, genauer anzusehen. Das funktioniert immer mit dem Befehl "look" - also zum Beispiel "look at wallet", wenn Sie wissen wollen, was Larrys Brieftasche im einzelnen enthält.
Seit der zweiten Folge müssen Sie nicht unbedingt den Befehl "look at..." eingeben, um sich einen der Gegenstände anzusehen, die Larry mit sich herumschleppt. Der Druck auf die <Tab>-Taste läßt ein Fenster erscheinen, in dem alle verfügbaren Utensilien aufgelistet sind. Ein weiterer Druck auf

die <Tab>-Taste läßt einen Rahmen um den ersten mitgeführten Gegenstand erscheinen. Wenn Sie sich diesen Gegenstand ansehen wollen, können Sie nun die <Return>-Taste drücken, und die Informationen, die über diesen Gegenstand verfügbar sind, werden angezeigt. Wollen Sie diesen Gegenstand nicht weiter ansehen, drücken Sie noch einmal die <Tab>-Taste, und der Kasten erscheint um den zweiten Gegenstand. So können Sie weiter die <Tab>-Taste betätigen, bis der gewünschte Gegenstand erreicht ist.

Nicht alle Informationen, die Sie zum Inventar erhalten, sind sinnvoll und interessant. Ob sie immer amüsant sind, sollten Sie jedoch selbst entscheiden.

1.1.2 Spiele sichern

Abenteurer leben gefährlich. Das gilt auch für Larry, wenn er auch sonst kaum dem Bild eines Abenteurers entspricht. Jeder Schritt, den Larry tut, jede Aktion, die er unternimmt, kann verhängnisvoll sein. Das mag für eine Figur, die nur in den Spannungsunterschieden der RAM-Bausteine des Arbeitsspeichers in Ihrem Computer existiert, nicht weiter schlimm sein – schließlich können Sie das Programm jederzeit wieder neu starten. Allerdings ist es etwas ermüdend, immer wieder dieselben Befehle einzugeben, bloß um einen Fehler im zweiten Versuch zu vermeiden.

Zudem ist Larry ein recht zeitaufwendiges Spiel. Selbst wenn man ein ausgefuchster Computer-Spieler ist, wird man es kaum schaffen, ein Larry-Spiel an einem einzigen Abend vom Anfang bis zum Ende durchzuspielen. Das ist auch nicht der Sinn des Spiels.

Das haben auch die Entwickler von Larry eingesehen und dem Programm die Möglichkeit mit auf den Weg gegeben, einen Spielstand zu speichern und wiederherzustellen.

Wenn Sie das Gefühl haben, daß Ihre Larry-Figur bald in fatale Schwierigkeiten geraten könnte oder daß Sie wenigstens noch zwei Stunden Schlaf brauchen, ehe Sie morgen früh zur Arbeit gehen, sollten Sie den Befehl "save game" eingeben. Daraufhin werden Sie vom Programm gefragt, unter welchem Namen Sie den aktuellen Spielstand speichern möchten. Geben Sie einen Namen ein, der Ihrer Ansicht nach dazu geeignet ist, das aktuelle

Spiel zu identifizieren. Sie müssen dabei nicht auf die übliche Begrenzung von Dateinamen auf acht plus drei Zeichen achten. Das Programm verteilt eigene Dateinamen.

Wenn Sie nun tatsächlich in eine fatale Situation geraten sind oder am nächsten Abend dort weiterspielen wollen, wo Sie am Vorabend aufgehört haben, können Sie "restore game" eingeben. Das Programm zeigt Ihnen dann eine Liste aller gespeicherten Spielstände, aus der Sie sich den richtigen Spielstand heraussuchen können.

Natürlich ist es auch ziemlich ermüdend, immer wieder die Befehle "save game" und "restore game" einzugeben. Daher können Sie diese Befehle auch unmittelbar mit den Funktionstasten abrufen. Der Befehl "save game" ist auf <F5> gelegt, während der Befehl "restore game" mit <F7> unmittelbar abrufbereit ist.

Wie schon gesagt, Larry schwebt dauernd in der Gefahr, einen fatalen Fehltritt zu tun. Also sollten Sie regelmäßig den aktuellen Spielstand sichern. Seit der dritten Folge macht das Programm den Anwender alle fünf Minuten selbsttätig darauf aufmerksam, daß es höchste Zeit zum Speichern ist. In den ersten beiden Folgen müssen Sie schon selbst daran denken. Dieser Rhythmus garantiert Ihnen, daß Sie nicht mehr als fünf Minuten emsiger Tipperei verlieren. Nun ist es aber nicht unbedingt damit getan, alle fünf Minuten ein Spiel zu speichern, um es wiederherstellen zu können, wenn Larry mal wieder eins auf die Mütze bekommen hat. Die Spiele sind so komplex aufgebaut, daß ein Fehler, den Sie machen, ohne ihn zu bemerken, erst sehr viel später seine Auswirkung zeigen kann.

Auch für diese Situation ist vorgesorgt: Schließlich können Sie nicht nur einen Spielstand speichern, sondern derer zwölf. Sie sollten die Möglichkeit, zwölf verschiedene Spielstände zu speichern, nach Möglichkeit voll ausnutzen und regelmäßig eine neue Datei zum Speichern des Spielstandes anlegen. Wenn die zwölf Dateien, die die Funktion "save - restore" verwalten kann, alle belegt sind, haben Sie zwei Möglichkeiten: Entweder Sie lassen eine der zwölf Dateien überschreiben, oder Sie wechseln in ein anderes Unterverzeichnis. Dort kann das Programm nämlich wieder zwölf Dateien verwalten. Welche Möglichkeit Sie wählen, hängt zu sehr von Ihrem persönlichen Temperament und Sicherheitsbedürfnis ab, als daß wir Ihnen hier Vorschläge machen wollen.

1.1.3 Weitere Möglichkeiten der Benutzeroberfläche

Neben der Möglichkeit einen Spielstand zu speichern und wieder aufzurufen, bietet die Benutzeroberfläche der Larry-Spiele weitere Funktionen. Alle Funktionen der Oberfläche verbergen sich in einem Menübalken am oberen Bildschirmrand. Dieser Balken kann jederzeit durch die <Esc>-Taste oder mit der Maus aktiviert werden. Mit Hilfe der Cursortasten können Sie die einzelnen Menüfenster öffnen.

In den drei Folgen von Leisure Suit Larry wurde auch diese Menü-Oberfläche weiter entwickelt. Gehen wir also in der Reihenfolge der Larry-Folgen vor.

Bei Larry 1 bietet die Menüzeile fünf Menüs. An der Anzahl hat sich über die verschiedenen Folgen nichts geändert, wohl aber an den Menüs selbst. In der ersten Folge sind die fünf Menüs "Sierra", "File", "Action", "Special" und "Speed". In dieser Reihenfolge entspricht die Menüzeile in etwa dem Aufbau von GEM- oder Apple-Oberflächen. Auch hier findet sich ganz links als erstes Menü ein Fenster, das eher allgemeine Informationen über das Programm bietet. Im nächsten Fenster verbergen sich alle Funktionen, die etwas mit Dateien zu tun haben - Speichern, Laden oder Beenden des Programmes. Darauf folgen dann programmspezifische Menüfenster.

Beginnen wir ganz links: Im Menü "Sierra" werden zunächst unter dem Punkt "About Larry" Informationen über das Spiel und seine Programmierer angeboten. Als nächstes können unter der Überschrift "Help" allgemeine Hilfsinformationen über den Umgang mit dem Spiel abgerufen werden. Diese Hilfsinformationen sind auch über die Taste <F1> direkt abrufbar. Allerdings sollten Sie sich von diesen Hilfsinformationen nicht allzuviel versprechen. Als letztes bietet das Menü "Sierra" noch einige erstaunliche Zusatzfunktionen: Der Punkt "Calculator" hält faszinierende Erkenntnisse über das Zusammenspiel kleiner, gerader Zahlen bereit, und der Punkt "Puzzle" bietet noch ein Rätsel, dessen Lösung einen interessanten Zeitvertreib verspricht, aber nichts mit dem Spiel zu tun hat. Das nächste Menüfenster trägt die Überschrift "File". Wie schon gesagt, hier findet alles statt, was mit Dateiverwaltung zu tun hat: das Sichern eines Spiels ("save game" - <F5>), das Wiederherstellen eines gesicherten Spiels ("restore game" - <F7>), der Neustart eines hoffnungslos verfahrenen Spiels ("restart" - <F9>) und schließlich auch das Verlassen des Spielprogrammes ("quitt" - <Alt><Z>).

Der nächste Menüpunkt trägt die Überschrift "Action". Die Funktionen dieses Menüs haben direkt mit dem Spielverlauf zu tun. Als erster Punkt ist der Überblick über das Inventar aufgeführt ("Inventory" - <Tab>). Direkt mit diesem Punkt verbunden ist der nächste Punkt "see object". Wird diese Funktion aufgerufen, zeigt das Programm die bekannte Liste aller Gegenstände, die Larry mit sich herumschleppt. Hier können Sie nun einen Gegenstand, der Sie besonders interessiert, auswählen und ihn unmittelbar betrachten. Der letzte Punkt im Fenster "Action" ist in den weiteren Larry-Folgen (leider) weggefallen. Diese Funktion trägt den Namen "Bodily Function" und erlaubt Ihnen auch die Kontrolle über die Körperfunktionen der Larry-Figur. Hier können Sie bestimmen, ob Larry atmen soll ("breath"), ob er rülpsen ("belch") oder furzen ("fart") soll. Sie können sogar völlig neue Körperfunktionen erfinden ("frettle") und sehen, wie diese Funktionen den Spielverlauf beeinflussen.

Das vierte Fenster "Special" hält eine breit gefächerte Funktionspalette für Sie bereit. Wichtig ist mit Sicherheit die Funktion "Sound on/off" - <F2>, mit der Sie den Lautsprecher Ihres Rechners für den Verlauf des Larry-Spiels ein- oder ausschalten können. Wir versprechen Ihnen: Irgendwann sind Sie die Larry-Musik nämlich leid. Für Besitzer eines Joysticks ist die nächste Funktion gedacht: Mit dem Punkt "Joystick" - <Ctrl><J> können Sie die Joystick-Steuerung kontrollieren. Wenn Sie verhindern wollen, daß Sie, ohne es zu merken, eine ganze Nacht mit Larry und Ihrem Rechner verbringen, können Sie mit der Funktion "Clock on/off" die Systemzeit Ihres Rechners während des Spielverlaufs anzeigen lassen.

Kein Computer-Spiel ohne Boss-Taste. Bei den Larry-Spielen funktioniert die Tastenkombination <Ctrl><B> als "Boss-Key". Die Funktion kann aber auch durch den Punkt "Boss-Key" aus dem Menü "Special" aufgerufen werden. Allerdings sollten Sie die Boss-Taste in einem Larry-Spiel nur mit Vorsicht genießen. Erstens muß der Boss schon reichlich naiv sein, wenn er die angebotenen Charts als Bestandteil Ihrer normalen Arbeit ansieht, zweitens müssen Sie sich nach dem Aufruf der Boss-Taste damit abfinden, daß Ihr aktueller Spielstand verloren ist. Sie können das Spiel lediglich mit <F9> neu starten oder mit <F7> den zuletzt gespeicherten Spielstand wieder abrufen – wenn Sie zwischendurch gespeichert haben.

Da Larry-Spiele sich von den Spielfilmen im Privatfernsehen in erster Linie dadurch unterscheiden, daß keine Werbung eingeblendet wird, die Ihnen den schnellen Gang zum nächsten Bier im Kühlschrank erlaubt, wurde im Menü "Special" auch die Funktion "Pause Game" eingebaut. Rufen Sie diese Funktion auf, wird der Spielverlauf so lange unterbrochen, bis Sie Ihr Bier geholt haben und den Spielverlauf mit der Eingabe <Return> wieder fortsetzen. Lebensnotwendig ist die Pause-Funktion allerdings nicht, denn der Spielverlauf wird bei Larry 1 ohnehin jedesmal angehalten, wenn Sie das Hauptmenü mit <Esc> aktivieren.

Der letzte Punkt im Hauptmenü von Larry 1 trägt die Überschrift "Speed", also Geschwindigkeit. Larry 1 kann in vier verschiedenen Animationsgeschwindigkeiten arbeiten: den Geschwindigkeiten "Normal", "Slow"(langsam), "Fast"(schnell) und "Fastest"(ganz besonders schnell). Im Menü "Speed" können Sie die Geschwindigkeit abrufen, die Ihnen am sinnvollsten erscheint. Sie können diese Geschwindigkeit entweder aus dem Menü "Speed" abrufen oder mit <F10> von einer Geschwindigkeit zur nächsten wechseln. Vergessen Sie dabei aber bitte nicht, daß Larry kein Arkade-Spiel ist, wo hohe Geschwindigkeit höhere Punktgewinne bringt. Sinn der verschiedenen Animationsgeschwindigkeiten ist die Anpassung des Spiels an Ihren Computer. Auf einem PC kann Larry in der Regel noch einen Geschwindigkeitsschub vertragen, während man das Spiel auf einem 386er oft etwas verzögern muß.

Soviel zur Oberfläche von Larry 1. Nun noch ein paar Anmerkungen zur Oberfläche der beiden weiteren Folgen: Grundsätzlich unterscheiden sich diese beiden Spiele kaum noch voneinander. Der wesentliche Unterschied zur ersten Folge ist, daß der Punkt "Special" weggefallen – die Funktionen unter diesem Punkt wurden dem Punkt "Action" zugeschlagen – und dafür der Punkt "Sound" hinzugekommen ist. Aber gehen wir der Reihe nach vor:

Die Menü-Überschrift "Sierra" wurde durch das Sierra-Logo ersetzt. Unter diesem Logo verbirgt sich auch weiterhin ein Fenster mit allgemeinen Informationen zum Spiel ("About LSL2/3" - <Ctrl><A>) und mit allgemeinen Hilfsinformationen ("Help" - <F1>). Die Funktionen "Calculator" und

"Puzzle" wurden in beiden Folgen ersatzlos gestrichen. Geblieben ist auch das Menü-Fenster "File" mit den Funktionen "Save Game", "Restore Game", "Restart Game" und "Quitt", auch die Funktionstastenbelegung <F5>, <F7> und <F9> hat sich nicht geändert. Lediglich zum Verlassen des Spieles dient jetzt die Tastenkombination <Ctrl><Q> (nicht mehr <Alt><Z>). In Larry 3 ist allerdings noch eine Funktion für dieses Fenster hinzugekommen: Wer mag, kann sich in regelmäßigen Abständen ans Speichern eines Spielstandes erinnern lassen.

Um die Abstände, in denen diese Erinnerungsmeldung auf dem Monitor auftaucht, einzustellen, können Sie die Funktion "Auto Save" aufrufen (<F4>). Diese Funktion ist so voreingestellt, daß Sie alle fünf Minuten daran erinnert werden, Ihren aktuellen Spielstand zu speichern. Sind Sie damit einverstanden, das Spiel zu speichern, können Sie das sofort aus dem Meldungsfenster heraus tun.

Als nächstes erscheint der Punkt "Action" in der Menüleiste. Hier finden Sie die Funktionen "Pause Game" (Spiel anhalten, <Ctrl><P>), "Inventory" (Inventar, <Ctrl><I>), "Retype" (Eingabewiederholung, <F3> oder Leertaste) und "Boss Key" (<Ctrl><B>), die Sie ja bereits kennen.

Larry 2 erlaubt Ihnen in diesem Menü auch noch, das "Filth Level" (<Ctrl><F>) einzustellen. "Filth Level" läßt sich am ehesten noch mit "Schmuddel-Niveau" übersetzen, soll heißen: Hier können Sie einstellen, wie jugendfrei das Spiel ablaufen soll. Auf den Spielverlauf hat diese Einstellung jedoch keinen Einfluß. Eine weitere Sonderfunktion von Larry 2 ist die Funktion "Trite Phrase". Eine "trite phrase" ist eine abgedroschene, banale Phrase. Larry ist in seinem zweiten Abenteuer von lauter netten Leuten umgeben, die ihm - weil sie ja so freundlich sind - ständig einen schönen Tag wünschen. Sollte Ihnen dieses ständige "Have a nice day" schließlich auf die Nerven gehen, können Sie mit dieser Funktion eine andere banale Phrase einstellen - etwa das ur-amerikanische "God bless you", ohne das weder Jimmy Carter noch Ronald Reagan einen öffentlichen Auftritt beginnen oder beenden konnten.

Für Larry ist das Leben in seinem dritten Abenteuer erheblich härter geworden. Mit freundlichen aber abgedroschenen Phrasen wird er kaum noch konfrontiert, eher mit Flüchen. Sollte Ihnen also das ewige langweilige "Damn" auf die Nerven gehen, können Sie es im Menü "Action" oder über die Tastenkombination <Ctrl><X> durch das gute alte englische "Blimey" ersetzen oder – falls Ihnen das zu viktorianisch erscheint – durch das in Maine und New Hampshire so beliebte "Son of a Bitch" ersetzen.

Das Filth-Level, das in Larry 2 noch bequem eingestellt werden konnte, muß in Larry 3 hart erkämpft werden - doch dazu später mehr. Stattdessen bietet Larry 3 Ihnen die Möglichkeit, die Farbe des Eingabefensters zu kontrollieren. Dieses Fenster ist so eingestellt, daß es blaue Schrift auf weißem Grund darstellt. Diese Farben können Sie mit der Funktion "Colors" im Menü "Action" oder über die Tastenkombination <Ctrl><C> verändern. Das Programm fragt Sie jeweils nach einer Zahl zwischen null und fünfzehn für die Vorder- und Hintergrundfarbe, die Sie nach Belieben einstellen können - lediglich dieselbe Farbe für Vorder- und Hintergrund akzeptiert das Programm nicht, schließlich sollen Sie ja noch etwas erkennen können.

Zahlencodes für Text- und Hintergrundfarbe

0	Schwarz	8	Dunkelgrau
1	Blau	9	Hellblau
2	Grün	10	Hellgrün
3	Türkis	11	Helltürkis
4	Rot	12	Hellrot
5	Magenta	13	Hell-Magenta
6	Braun	14	Gelb
7	Hellgrau	15	Weiß

Dem Menüpunkt "Action" folgt der Punkt "Speed". Wie schon in Larry 1 können Sie mit diesem Punkt die Geschwindigkeit einstellen. Während Larry 1 nur vier verschiedene Geschwindigkeitsstufen der Animation kannte, sind es bei Larry 2 und 3 fünfzehn. Sie können die für Sie passendste Geschwindigkeit entweder stufenlos in einem Fenster einstellen, das Sie unter dem Punkt "Change" oder mit der Tastenkombination <Ctrl><S> öffnen können, oder mit den Punkten "Slower" (langsamer), "Faster" (schneller) oder "Normal" im Menü verändern. Die einfachste Möglichkeit, die Geschwindigkeit zu ändern, sind die Tasten <+>, <-> und <=>. Mit diesen Tasten können Sie unmittelbar während des Spiels die Geschwindigkeit beschleunigen (<+>), verzögern(<->) oder auf den Normalwert einstellen(<=>).

Der letzte Punkt in den Menüs der beiden neuesten Larry-Folgen ist der Punkt "Sound". In diesem Menü verbirgt sich die schon bekannte Möglichkeit, den Larry-Ton auszuschalten ("Turn off/on" - <F2>), und für die Besitzer einer Sound-Karte ein Lautstärkeregler. Die Möglichkeiten, die die Larry-Spiele in Zusammenarbeit mit einer Soundkarte bieten, werden wir Ihnen am Ende dieses Buches noch ausführlich vorstellen.

1.2 Larrys Sprache

Konrad Adenauer soll mal gesagt haben: "Der Russe versteht nur eine Sprache, un dat is Russisch." Das gilt auch für Larry. Allerdings versteht er nur Englisch. Genauer gesagt amerikanisches Englisch.

1.2.1 Die Grammatik

Die Grammatik, die man beherrschen muß, ist recht einfach gestrickt. Man könnte dies in Anlehnung an den Linguisten Basil Bernstein als Hinweis darauf auffassen, daß auch Larrys Denken nach recht einfachen Mustern abläuft (restricted code), so weit wollen wir aber nicht gehen. Schließlich: Larry will Erfolg und ein schönes, bequemes Leben. Das wollen wir alle. Allerdings will Larry das sofort - im Unterschied zu uns allen (wir geben das nämlich nicht zu).

Aber zurück zu Grammatik: Sie werden sich vielleicht an Ihre Schulzeit erinnern, in der Ihnen eingebläut wurde, daß die grundlegende Struktur eines englischen Satzes dem SPO-Prinzip folgt: Subjekt - Prädikat - Objekt. Dabei ist – Sie erinnern sich – ein Objekt nicht unbedingt nötig.

Sollten Sie im Rechenunterricht direkt mit Mengenlehre angefangen haben, ist es wahrscheinlich, daß Sie im Englischunterricht nichts mehr von Subjekt - Prädikat - Objekt gehört haben, sondern mit generativer Transformationsgrammatik beschäftigt wurden. Das ist ja an sich nichts Schlimmes (fragen Sie Noam Chomsky; der hat das schließlich erfunden). In diesem Fall besteht ein englischer Satz für Sie aus Nominalphrase und Verbalphrase, dabei kann – Sie erinnern sich – die Verbalphrase wieder in untergeordnete Nominal- und Verbalphrasen aufgedröselt werden.

Egal wie Sie das Kind nun nennen wollen: Es ist immer noch die gleiche Sprache. Dabei vereinfacht sich die ohnehin schon recht einfache englische Grammatik für Larry-Spieler noch mehr: Alle Eingaben, die Sie machen, sind Befehle, stehen also im Imperativ.

Da gleichzeitig klar ist, wem Sie etwas befehlen wollen – der Larry-Figur – können Sie getrost auf das Subjekt Ihrer Eingabesätze verzichten. Sollten Sie tatsächlich auf der guten Sitte alter Englischlehrer bestehen und sich nur in vollständigen englischen Sätzen äußern - etwa: "Larry, please enter the cab." - müssen Sie sich auf die eine oder andere Fehlermeldung gefaßt machen. "Enter cab" oder einfach nur "Enter" reicht völlig aus.

Grundsätzlich reicht es völlig aus, wenn Ihre Sätze aus einem Prädikat und einem Objekt bestehen, beziehungsweise aus einer Verbalphrase, in der eine Nominalphrase enthalten ist. In einigen wenigen Fällen erwartet das Programm allerdings eine zweite Nominalphrase als Bestandteil der Verbalphrase – beziehungsweise ein zweites Objekt. Das ist immer dann der Fall, wenn Sie für eine Handlung, die durch einen Befehl veranlaßt werden soll, noch einen Gegenstand brauchen, der unbedingt genannt werden muß, weil er als Zeichen Ihres Einfallsreichtums gilt. So wird es beispielsweise nicht ausreichen, Larry den Befehl "Sharpen knife" zu geben. Das Programm will nun mal wissen, womit Sie denn bitteschön das Messerchen wetzen wollen. Dann ist es leider unumgänglich, einen längeren Satz einzugeben, etwa "Sharpen knife with stone".

1.2.2 Das Vokabular

Larrys Grammatik mag zwar begrenzt sein, sein Wortschatz ist es nicht. Grundsätzlich sollten Sie alles eingeben, was Ihnen sinnvoll erscheint. Das Programm hat einen größeren Wortschatz als man glaubt.

Um Ihnen trotzdem eine gewisse Orientierung im Gewirr der verschiedenen Gegenstände und Situationen zu geben, haben wir Ihnen hier die wichtigsten Worte zusammengestellt. Wir erheben damit nicht den Anspruch, alles,

was in den Larry-Abenteuern passiert, erklären zu können, wohl aber, daß dies der Wortschatz ist, mit dem Sie Larry in allen drei Folgen meistern können.

Da am Anfang von Larry 1 und Larry 3 Ihre Allgemeinbildung auf eine harte Belastungsprobe gestellt wird und deutsche und amerikanische Allgemeinbildung voneinander stark abweichen, finden Sie in dieser Zusammenstellung auch einige Hinweise, mit denen Sie durch die Prüfungsfragen rutschen können.

Ehe wir loslegen, noch einen kurzen technischen Hinweis: Hinter jedem Wort finden Sie eine, zwei oder drei Ziffern. Diese Ziffern besagen, in welcher Larry-Folge Sie am ehesten über das jeweilige Wort stolpern könnten.

A, 3	ein (unbestimmter Artikel)
Agnew, 1	Spiro, ehemaliger US-Vizepräsident
Airsick, 2	luftkrank (Adjektiv), vornehme Bezeichnung für weniger vornehmen Zustand
Alaska, 1	größter US-Bundestaat
Allen, 3	Woody, eigentlich Allan Steward Konigsberg, Schauspieler, Autor, Regisseur, Klarinettist. Drehte alle möglichen Filme, aber nicht "Interiors".
American Pie, 1	Lied von Don McLean, in dem es um einen toten Rock-Star geht
Analgetics, 3	Analgetica, Schmerzmittel
Andy Griffith Show, 3	Kein Ableger einer anderen Sendung

Spieltips

Animal Husbandry, 3	Paaren von Tieren. Unumgängliche Beschäftigung bei der Tierzucht (breeding lifestock).
Answer, 1	1. Antwort (Substantiv) 2. antworten (Verb)
Apple, 1	Apfel (das, was Eva gegessen hat)
Arms control, 3	Rüstungskontrolle
Ashes, 2	Asche
Ashtray, 1	Aschenbecher. Sammelbehälter für Zigarettenasche. Wird oft leider auch als Mülleimer benutzt.
Ask, 1, 3	1. fragen (Verb). Wenn man etwas von jemandem wissen will, fragt man (to ask for something). 2. bitten (auch Verb). Im Sinne von jemanden um etwas bitten, zum Beispiel "Ask her to marry you!"
At, 1, 2, 3	auf (Präposition). Drückt das Ziel einer Handlung aus, zum Beispiel to spit at something (auf etwas spucken) oder to look at something (etwas ansehen).
Away, 2	weg - im Sinne von "etwas wegwerfen" (to throw something away)
Baby Boom, 3	Baby Boom. Ansteigen der Geburtenrate nach dem 2. Weltkrieg
Back, 1	1. zurück (Präposition), z.B go back - zurückgehen 2. Rücken (Substantiv)
Bag, 2	Tasche, Beutel. Kann man alles mögliche reintun.
Bakker, 1	Jim, ehemaliger US-Fernseh-Prediger. Kein Lieblingsstar eines Larry-Spielers.
Bangles, 3	keine Rockgruppe der 60er Jahre
Bar, 1, 3	Bar, Kneipe, Glas-Bier-Geschäft. Häufig und gern aufgesuchter Aufenthaltsort für Larry.
Bar Mizwa, 3	jüdische religiöse Zeremonie, Mannbarkeitsfeier.
Beatles, 1	Rockgruppe. Eines der bekannteren Stücke: "Let it be".
Bed, 1	Bett. Kann man alles mögliche drauf machen. Würde Larry auch gern.
Belushi, 1	John. Schauspieler, trat u.a. in "Saturday Night live" auf.
Bench, 3	Bank. Kann man drauf sitzen. Geld einzahlen und abholen tut auch der Amerikaner bei der Bank – die er allerdings "Bänk" ausspricht.
Bench press, 3	Fitneß-Gerät, eine Art Daumenschrauben in Fitneß-Studios.
Big Bang, 3	Urknall. So begann das Universum.

Bikini, 2	zweiteiliger Damenbadeanzug. Herren sehen etwas albern darin aus.
Binoculars, 3	Fernglas, beliebtes Utensil für Voyeure
Blackjack, 1	Schwarzer Jakob. Karten- und Glücksspiel mit hohem Risiko und hohen Gewinnmöglichkeiten. Ähnelt "Siebzehn und vier".
Blow, 1	blasen (Verb). Was und wie geblasen wird, ist erst aus dem Satz-Zusammenhang ersichtlich: "To blow out a candle" eine Kerze ausblasen; "to blow up a rubber duck" eine Gummiente aufblasen. Andere Sinnzusammenhänge sind denkbar.
Board of education, 3	Unterrichtsministerium. Der Prozeß Brown gegen (vs.) Board of Education ging um "Desegregation", die Abschaffung der Rassentrennung in Schulen.
Borscht belt, 3	Hier treten Komödianten häufig auf.
Boss, 1	Chef, verantwortlich für pünktliche Gehaltszahlungen.
Bottle, 1, 2, 3	Flasche. Kann alles mögliche enthalten: Wasser, Wein, Haarwuchsmittel, aber auch Pillen (Bottle of pills: Pillenröhrchen).
Bra, 3	Büstenhalter, BH. Kann alles mögliche enthalten.
Brain four, 3	Denkhilfe
Brando	Marlon, Schauspieler
Branch, 2	1.Zweig, überhängender Ast 2. Branche, Geschäftszweig
Breath, 2	Atem. Kann man eigentlich überall kostenlos holen (☞ take breath). Das ist besonders dann wichtig, wenn man die Luft eine Zeitlang anhalten muß.
Breathspray	Atemspray, kann immer dann eingesetzt werden, wo man keine Lust zum Zähneputzen hat. Gibt der Zahnarzt seiner Familie - wenn er auch nach Feierabend bohren will.
Browner, 1	Herbert, ehem. US-Generalstaatsanwalt
Bush, 2	1. amerikanischer Präsident. Taucht (noch) nicht in Larry-Abenteuern auf. 2. Busch, Strauch
Button, 1, 3	Knopf. Kann sich an einer Jacke oder einem technischen Gerät befinden. Im letzteren Fall macht es Sinn draufzudrücken.
Buy, 1, 2	kaufen (Verb). Eigentum an einer beweglichen Sache er-

werben. Das bürgerliche Gesetzbuch (BGB) erlaubt auch den Kauf einer Sache ohne förmlichen Kaufvertrag.

Cab, 1	Taxi, Droschke
Caine, 1	Kwi-Chang, Hauptfigur einer Fernsehserie. Urheber des Ausspruchs: "Aaaaaiiigeeeaagggh".
Call, 1	rufen (Verb). Man kann alles mögliche rufen: Unflätigkeiten, jemanden an, Taxis usw.
Canada, 1	Kanada, nördlicher Nachbarstaat der USA. Dort leben Kanadier.
Canasta, 3	Canasta, Kartenspiel
Candy, 1	Praline. Als Mitbringsel von Damen ebensogern gesehen wie von Zahnärzten.
Canyon, 3	Schlucht: Es ist leichter hineinzufallen, als eine solche zu überqueren.
Captain Kangaroo, 3	Kapitän Känguruh, besaß ein Kaninchen und eine sprechende Standuhr.
Card, 1, 3	Karte. Es gibt verschiedene Karten: Spielkarten, Landkarten oder Schlüsselkarten.
Carve, 3	schnitzen (Verb). Die im Holz eingeschlossene Figur freilegen...
Casino, 1, 3	Casino. Spielhölle mit Stil, Bar, Show und angeschlossenem Hotel. Bevorzugter Aufenthaltsort von Larry.
Change, 2	wechseln (Verb). Wechseln kann man die Anschauung, Geld oder die Kleider.
Channel, 1	Kanal. Mitunter hat man den Kanal voll. Voll eingestellt. Den Fernsehkanal.
Chapel, 1	Kapelle. In den USA dient eine Kapelle nicht unbedingt nur frommer Andacht. Es gibt auch Kapellen, in denen für Geld und im Akkord Paare getraut werden.
Cheerleader, 3	Eine Art Animiermädchen bei amerikanischen Sportveranstaltungen. Davon gibt es zu viele.
Chinese War, 1	Chinesischer Krieg, den gab es noch nicht. Folglich einer der wenigen Kriege, in den die USA nicht verwickelt waren.
Clark, 1	John, ehem. US-Generalstaatsanwalt
Clerk, 2	Angestellte(r). Diese Bezeichnung umfaßt alle dienstbaren Geister vom Portier bis zum Verkäufer im Drugstore.

Climb, 1, 3	klettern (Verb). Obwohl Larry mehr auf die bequemeren Seiten des Lebens abzielt, klettert er bisweilen durch ein Fenster oder über Balkongitter.
Close, 3	Schließen (Verb). Türen sollte man schließen. Sonst zieht's.
Clothes, 2	Kleider, Kleidung. Verhüllt und schützt vor Kälte und Wind. Man kann die Kleidung auch wechseln, wenn ein weißer Polyäthylen-Anzug zu auffällig ist.
Coconut, 3	Kokosnuß. Einzige Nuß in den Larry-Spielen, die wirklich nicht zu knacken ist.
Condominium, 3	Eigentumswohnung
Crawl, 2	kriechen (Verb). Wenn Griechen hinter Griechen kriechen, kriechen Griechen Griechen nach. Sagen Sie das dreimal ganz schnell hintereinander.
Credit, 3	Kredit. Hat Larry nirgends.
Curl, 3	eigentlich Locke. leg curl: eine Art Streckbank im Fitnesstudio
Cut, 1, 2, 3	schneiden, zerschneiden, durchschneiden (Verb). Will man etwas durchschneiden, braucht man ein Messer.
Dance, 1, 3	tanzen (Verb). Auch wenn Larry eigentlich ein fauler Hund ist: Tanzen scheint seine große Stärke zu sein.
Date, 3	Verabredung. Natürlich versucht man ein Date zu machen, wenn man jemanden näher kennenlernen will.
David Copperfield, 3	Roman von Charles Dickens
Decree, 3	Urkunde, Bescheinigung. Ein (☞)Divorce Decree ist ein gern gesehenes Utensil bei Damen, denen die Ehe heilig ist.
Deed, 3	Besitzurkunde für Immobilien
Deodorant, 3	Deo. Glücklicherweise können Computer zwar Töne und Bilder wiedergeben, nicht aber Gerüche. Larry verbreitet bisweilen eigenartige Körpergerüche. Also nach dem Sport und vor dem Essen: Deo nicht vergessen.
Desk, 1	Schreibtisch, Pult. Ein richtiger Schreibtisch ist natürlich auch mit verschiedenen Knöpfen ausgestattet, auf die Fremde nicht drücken sollen.
Detente, 1	Politik, die Krieg ersetzen soll.
Disco, 1	Sie wissen also wirklich nicht, was eine Disco ist?
Dive, 2	tauchen (Verb). Unter Wasser eröffnen sich völlig neue Perspektiven.

Divorce, 3	Scheidung. Gilt erst, wenn eine Scheidungsurkunde (☞ Decree) vorhanden ist.
Doll, 1	Puppe (vgl. Jaqueline Suzan: Das Tal der Puppen). Es gibt Puppen, die schon fertig sind. Andere muß man erst fertigmachen. Gummipuppen müssen zum Beispiel aufgeblasen werden.
Dollar, 2	Dollar. Amerikanische Form von Geld. Wird auch in anderen Ländern gern und reichlich genommen.
Door, 1, 2, 3	Tür. Es gibt kaum eine Tür, die Larry nicht öffnet.
Doonesbury, 1	Michael, Comic-Zeichner und als solcher Erfinder der Walden Puddle Commune
Down, 1, 2, 3	hinunter (Präposition). Gibt die Richtung einer Bewegung an - also "sit down", "climb down" und so fort. Aber: "throw up"
Dress, 3	Kleid, Anzug. Passende Garderobe für alle Beteiligten an einem Larry-Spiel (Also binden Sie sich endlich einen Schlips um!).
Drink, 3	1. Getränk. Man bestellt es in Kneipen und Bars, verschluckt es und wird lustig. 2. trinken (Verb). Das tut man, um ein Getränk in den Körper zu bekommen. Ist ganz einfach: Mund auf, Bier rein, Mund zu, schlucken. Fertig.
East Coast, 1	Ostküste (der USA). Da, wo die Leute ulkig sprechen.
Edsel, 1	Ziemlich erfolgloses Automodell.
Eisenhower, 1	Dwight D. 34. US-Präsident, 1953-61, Spitzname "Ike".
Elvis, 1	Presley. Schnulzenfuzzi. Ist allerdings nicht für "What'd I say" verantwortlich.
Enter, 1, 2	betreten (Verb). Räume, Häuser, Boote und Taxis werden betreten.
Envelope, 3	Umschlag. Enthält oft die tollsten Überraschungen: Mahnungen, Kündigungen, Anklageschriften.
Fasten, 1	befestigen, festbinden (Verb). Hat nichts mit dem deutschen "fasten" zu tun: Da wird der Gürtel engergeschnallt, nicht befestigt.
Fennel, 1	Fenchel. Gemüse, keine Kohle.
Fiji, 1	Fidschi. Inselgruppe, die nicht zu Hawaii gehört.
Fill, 3	füllen (Verb). Leere Flaschen kann man füllen, aber dann sind sie ja nicht mehr leer.

Find, 3	suchen, finden (Verb). Hat wirklich beide Bedeutungen: Der Befehl "find money" kann mit "suche Geld" übersetzt werden.
Flintstone, 1	Fred, Comic-Figur (Fred Feuerstein). Kein Lieblingsstar eines Larry-Spielers.
Floor, 3	Etage. Ohne Zahlenangabe ist "floor" das Erdgeschoß.
Flowers, 2	Blumen. Wichtigster Teil einer Blume sind die Blüten – also die Geschlechtsteile.
Food, 2	Lebensmittel, Nahrung. Was man braucht, um nicht zu verhungern.
For, 2, 3	für, nach, um (englisches Universalwort), man fragt nach (for) etwas, bittet um (for) etwas oder bezahlt für (for) etwas.
Ford, 1	Gerald. 38. US-Präsident 1974-1977. Wurde nicht ins Amt gewählt, sondern löste als Stellvertreter (☞) Nixon ab. War der Ansicht, er könne die ökonomischen Probleme durch das Tragen eines WIN-Buttons in den Griff bekommen, ansonsten hat er nicht viel getan, um in Erinnerung zu bleiben.
Four, 1	Vier. Reicht im Aufzug als Zielangabe, wenn man in die vierte Etage will.
Fruit, 2	Obst. Kann man essen, ist gut gegen Hunger und Durst (außer Bananen und Kokosnüssen).
Fuck, 1	Jetzt wollen Sie natürlich wissen, wie wir das übersetzen, gelle? Ganz einfach: Wir übersetzen es gar nicht. Sollte Ihnen dieses Wort (Tip: Es ist ein Verb) wirklich nicht geläufig sein, spielen Sie vielleicht besser Spitz-pass-auf oder Mensch-ärger-Dich-nicht.
Funicello, 1	Anette, gehörte zum "echten" Mickey-Maus-Club.
Gestapo, 3	Gestapo, Geheime Staatspolizei. Deutsche Geheimpolizei während des Dritten Reiches und des 2. Weltkriegs.
Get, 1, 2, 3	nehmen (Verb) Funktioniert ähnlich wie "take". Sollte Ihnen das ewige "take this", "take that" auf die Nerven gehen: Probieren Sie "get" – auch Sie werden überzeugt sein. Empfehlen Sie uns weiter.
Girl, 1, 2, 3	Mädchen. Der eigentliche Grund, weshalb Larry sich auf diese Abenteuer einläßt.
Give, 1, 2, 3	geben (Verb). Angeblich seliger denn Nehmen. Aber Vorsicht. Das Neue Testament ist auf Larry nur begrenzt

	anwendbar, und was Sie einmal weggegeben haben, ist oft für immer verloren.
Glass, 3	Glas. Ein Glas Whiskey verschafft unverhoffte Freude, ein Glas voll Trinkgeld ist manchmal die einzige Möglichkeit weiterzukommen.
Golfer, 1	Golfspieler, träumt davon ein "Hole in One" zu schaffen.
Gone with the wind, 1	Vom Winde verweht, Spielfilm, etwa vier Stunden lang.
Gown, 3	Abendkleid, Robe. Nicht gerade die richtige Kleidung, um Abenteuer zu bestehen, man darf aber nicht immer wählerisch sein.
Grass, 3	Gras. Wächst aus dem Boden, und man geht darauf weicher als auf Beton.
Hammer, 1	Hammer. If I had a hammer... (alte Hippieweise)
Handle, 2	Handgriff, zum Beispiel am Koffer, am Notausgang oder am Fenster
Hard disk, 1	Festplatte. Besser als Disketten
Harness, 2	Geschirr. Also nicht Kaffeegeschirr, sondern Pferdegeschirr. Also nicht, daß Sie jetzt Pferde zum Kaffee einladen sollen, sondern eben so Riemen wie am Pferdegeschirr oder am Fallschirm.
Her, 1, 3	Ihr (Personalpronomen). Zum Beispiel: "Give her anything..."
IBM, 1	International Business Machines. Bekannter Schreibmaschinenhersteller.
Inch, 3	Zoll. 11 inch ist ein Fuß.
Insurance, 2	Versicherung. Wird nicht ausschließlich von Versicherungsvertretern verkauft. Gottseidank.
Interface protocol, 3	Vorspiel zwischen zwei Computern, die sich einig sind.
Into, 1, 2, 3	hinein (Präposition). Man kann in vieles hineingehen. Sogar in den eigenen Untergang.
Jump, 1, 2	springen (Verb). Larry springt selten. Eigentlich nur im Notfall oder wenn ihm nichts anderes einfällt.
Kennedy, 1	Ted. Toter US-Politiker. In Erinnerung geblieben durch seine Brüder, seinen Fahrstil und das, was er unter Wasser machte.

Keilrad, 3	Schlüsselkarte. Wird in Hotels und Sportklubs immer häufiger benutzt. Ist nämlich leichter zu verstauen als ein normaler Schlüssel.
Kid, 3	Kind, Jugendlicher. Larry-Spieler sind jedenfalls keine Kids.
Kissinger, 1	Henry, US Staatssekretär, der in Deutschland geboren wurde.
Klein, 1	Calvin. Bekannter US-Modedesigner.
Knife, 1, 2, 3	Messer. Keine Larry-Folge ohne Messer. Schließlich ist es ein Adventure-Spiel. Trotz Larry.
Knock, 1, 3	Klopfen (Verb), zum Beispiel auf Holz klopfen.
Land, 3	Land, Grundstück. Ziemlich wertvoll, wenn es nicht gerade voller Treibsand ist.
Las Vegas, 1	bekannte Spielerstadt, nicht zu verwechseln mit Lost Wages.
Lei, 3	Blumenkranz – traditionelle Grußform der Südsee. Die Eingeborenen hoffen dabei stets auf eine Orchideen-Allergie der Touristen.
Lie, 1	legen (Verb); im Sinne von hinlegen – nicht im Sinne von ein Ei legen.
Lifeboat, 2	Rettungsboot. Mit wem würden Sie gern fünf Wochen in einem Rettungsboot sitzen, um am Ende beim Streichhölzer-Ziehen zu verlieren und gefressen zu werden?
Light, 2	1. Licht 2. anzünden (Verb)
Light bulb, 1	Glühbirne. Hardware – bloß keinen Programmierer 'ranlassen.
Locker, 3	Spind. Schrank in Umkleidekabinen. Enthält in aller Regel ein Foto, das tief blicken läßt.
Log, 3	Holzklotz. "...und seh ich diesen Holzklotz an, so denk ich an mein'Christian..." (alte Volksweise).
Look, 1, 2, 3	sehen (Verb). Das wichtigste Wort im Larry-Wortschatz. Die einzige und immer sinnvolle Möglichkeit, den Überblick zu behalten.
LSD, 3	LSD, Lysergsäurediäthylamid. Ist in der Lage, im Kopf eine ziemliche Unordnung anzurichten.
Lubber, 1	volkstümlicher Ausdruck für (☞ Prophylactic)

MacAuliffe, 3	General, Held der "Battle of Bulge"
Macintosh, 1	1. Apfelsorte 2. Apple-Computer 3. Regenmantel
Magazine, 1	Zeitschrift. Gibt es in vielen Getränkeläden zu kaufen. Enthält manchmal ganz interessante Informationen.
Magic marker, 3	Markierstift mit seltsamen Fähigkeiten.
Mailbox, 3	Briefkasten. Das ist das Ding, in das Briefträger alles mögliche reinstecken.
Maitre, 2, 3	Eigentlich Maitre d'Hotel. Empfangschef, Obertürsteher. Ausgesprochen amüsante Plauderer. Wollen immer nur das eine: Trinkgeld.
Make, 3	machen, herstellen (Verb). Wer über etwas handwerkliches Geschick verfügt, kann zum Beispiel Blumenkränze oder Grasröckchen machen.
Man, 1, 2, 3	Mann. Männer tauchen in allen Larry-Abenteuern auf. Mitunter ist es ratsam, mit ihnen zu sprechen.
Mansfield, 1	Jayne. War garantiert kein Sportreporter.
Marijuana, 3	Marihuana, Cannabis indicae, Hanfprodukt. Macht ganz seltsam im Kopf, ist niemals aus der Mode gekommen.
Marry, 1	heiraten (Verb). Handlung, die zur Ehe führt. Wird von verschiedenen Völkern verschieden vollzogen. Bisweilen mit seltsamen Riten, wie zum Beispiel in Lost Wages. Mitunter sind die Resultate noch seltsamer als die Riten.
Marx Brothers, 3	Schauspieler und Komiker-Quintett. Die fünf originalen Marx Brothers hießen Groucho, Chico, Harpo, Gummo und Zeppo.
Mason-Dixon-Line, 3	Vermessungsgrenze (surveying boundary)
Masters & Johnson, 3	bekannte Sexualforscher
Matches, 2	Streichhölzer. Larry ist zwar Nichtraucher, Streichhölzer braucht er aber auch ab und zu.
McCartney, 3	Paul. Sänger. War erst bei den Beatles, dann bei den Wings, dann bei Linda.
McGraw, 3	Ali, Schauspielerin, starb in "Love Story"
Mirror, 3	Spiegel. Wenn man hineinsieht, sieht man sich selbst spiegelverkehrt.
Mitchell, 1	John, ehem. US-Generalstaatsanwalt
Mohammed Ali, 3	Boxer, eigentlich Cassius Clay. Ist wegen vieler verschiedener Fähigkeiten in Erinnerung geblieben.

Molecule, 1	Molekül. Ziemlich klein: In einem Glas Wasser gibt es mehr Moleküle als Wassergläser auf der Welt.
Money, 1	Geld. Braucht Larry zum Einkaufen, Heiraten und Taxifahren.
Monopoly, 1	Spiel, bei dem man vier Häuser besitzen muß, um ein Hotel bauen zu dürfen.
Mork, 1	Außerirdisches Fernsehwesen. Stammt vom Planet Ork.
Move, 3	bewegen (Verb). Man bewegt einen Gegenstand von einer zur anderen Stelle.
Naked lunch, 3	Roman von William S. Borroughs. Kultbuch der Beatniks.
Nightstand, 2	Nachttisch. Bevorzugter Aufbewahrungsort für alles mögliche.
Nixon, 1, 3	Richard, 37. US-Präsident 1969-74. Mußte wegen der Watergate-Affaire zurücktreten, bekannt geworden durch seinen Auftritt in der Show "Laugh in".
NORML, 1	Bürgerinitiative, die sich für die Legalisierung von Marihuana einsetzt.
Oil glut, 3	Überangebot auf dem Weltmarkt.
Off, 3	aus; im Sinne von "ausschalten".
Offer, 3	anbieten (Verb). Um ans Ziel zu kommen, macht Larry die eigenartigsten Angebote.
On, 1, 3	1. ein; im Sinne von "einschalten" 2. auf; im Sinne von "auf etwas klopfen"
Open, 1, 2, 3	öffnen (Verb). Man kann alles, was verschlossen ist, öffnen. Das gilt besonders für Türen, Nachttischchen, Schränke, Notausgänge Fenster und so weiter.
Orchids, 3	Orchideen [von grch. orchis >Hoden<, wegen der Form der Wurzelknollen], Knabenkrautgewächse, Orchidaceae, Familie der Einkeimblättrigen mit rd. 20.000 Arten v.a. in den feuchtwarmen Gebieten ..." (Brockhaus). Blumen, aus denen Knaben Kränze winden.
Order, 1	bestellen (Verb). Larry ist nicht der Typ, der irgendetwas im Katalog bestellt – außer vielleicht einen Anzug. Er ist eher der Typ, der in Bars alles mögliche bestellt: Bier, Whisky oder Wein. Damit ist seine Phantasie aber auch erschöpft. Sein Fassungsvermögen auch.
Oswald, 1	Lee Harvey. Erschoß John F. Kennedy.

Out, 1, 2	aus; im Sinne von hinaus. climb out: Hinausklettern, lean out: Hinauslehnen; working out: Den Body builden.
Over, 1, 3	über; im Sinne von hinüber. Jump over the fence: Über den Zaun springen
Palm, 3	Palme. Sie werden Larry kaum auf die Palme treiben können. Wohl aber eine junge Dame, die dort Kokosnüsse erntet.
Pamphlet, 2	Flugblatt. Schriftlicher, vervielfältigter Versuch, irgendwen, den man nicht kennt, von irgendwas, von dem er keine Ahnung hat, zu überzeugen.
Panama Canal, 1	Panamakanal, verbindet Atlantik und Pazifik.
Panty, 3	Slip. Was Damen anstatt langer Unterhosen (doppelripp, schlitzverstärkt) benutzen.
Pantyhose, 3	Strumpfhose. Sichtbarster Teil weiblicher Unterwäsche.
Parachute, 2	Fallschirm. Manchmal die beste Garantie für eine sichere Landung.
Pass, 1	Ausweis, Mitgliedskarte. Berechtigt zum Besuch privater Clubs - wo Larry eigentlich nichts zu suchen hat.
Passport, 2	Ausweis, Reisepaß. Berechtigt zum Betreten von Flugzeugen, Schiffen, fremden Ländern.
Pauling, 3	Linus, hat niemals einen Nobelpreis bekommen.
Pay, 1, 2	bezahlen (Verb). Das zu vergessen, kann leicht zur Todesfalle werden.
Penthouse, 1, 3	Penthouse. Oberste Etage vieler Hotels: Bungalow und Garten auf einem Hausdach
Pesticid, 3	Pestizid, Insektenvernichtungsmittel
Peter Piper Picked a Pile of Pickled Peppers, 1	Fischers Fritz fischt frische Fische.
Philanthropist, 3	Philanthrop, Menschenfreund
Philatelist, 3	Philatelist (so einfach ist Englisch), Briefmarkensammler
Phone, 1	Telefon, Fernsprecher. Erfunden von Philip Reis (1861), Alexander Graham Bell (1876), Thomas Alva Deist (1877) und anderen. Archaische Form der Datenfernübertragung, bei der Informationen analog übertragen wurden.
Pick, 2, 3	pflücken, ernten (Verb). Man pflückt Blumen (pick flowers) oder Früchte (pick apples). Achtung : "pick your nose" hat nur wenig mit Nasenernte zu tun.

Pig, 3	Schwein. Auf Nontoonyt gibt es zwei Sorten von Schweinen: Gezähmte Wildschweine (feral pigs) und ungezähmte Hausschweine. Beide sind gleich gefährlich. Vorsicht.
Pills, 1	Pillen. In Lost Wages gibt es verschiedene Sorten von Pillen. Viele machen ganz seltsam im Kopf, andere töten sofort.
Pin, 2	Nadel, Haarnadel. Findet man schon mal im Essen. Vorsicht: Nicht verschlucken.
Pink Floyd, 1	Rockgruppe. Nahm 1973 das Album "Dark Side of the Moon" auf. Empfehlenswert.
Plaque, 3	Plakette. Bronzetafel, auf der Heldentaten für alle Zeiten festgehalten werden.
Platform Shoes, 1	Schuhe mit Plateausohlen. Wohl die schäbigste Mode der 70er Jahre.
Play, 1	spielen (Verb). Haupttätigkeit, der die meisten Menschen in Lost Wages nachgehen.
Politicians, 1	Politiker. Leben alle von öffentlichen Geldern.
Pot, 3	Kiff. Umgangssprachlicher Ausdruck für (☞) Marihuana
Press, 3	Presse, sowohl schreibende Presse als auch Saftpresse. Oder bench press: eine Art Streckbank im Fitneßstudio
Puberty, 1	Pubertät. Hat man hinter sich, wenn man Larry spielt.
Pull, 3	ziehen (Verb). Davon abgeleitet: bar pull – eine Art Streckbank im Fitneßstudio
Pullup, 3	Eine Art Streckbank im Fitneßstudio
Push, 1, 3	drücken (Verb). Einen Knopf drücken (push a button) hat im Englischen dieselbe Bedeutung wie im Deutschen. Ein Mädchen drücken (push a girl) nicht.
Put, 2, 3	legen, stellen, setzen, legen (Universalverb der englischen Sprache). Wenn man irgendein englisches Verb braucht und es fällt einem ums Verrecken keins ein: Put funktioniert meistens.
Quale, 3	Douglas, 1988 US-Vize-Präsident. War kein zweiter Jack Kennedy und nicht rechtzeitig fertig.
Radio, 1	Radio. Fernsehen ohne Ton.
Railing, 1	Geländer. Soll verhindern, daß man irgendwo herunterfällt. Nutzt aber nichts bei Larry.

Read, 1, 3	lesen (Verb). Das, was Sie jetzt tun (nein – nicht mit dem Finger in der Nase, mit den Augen auf dem Text).
Remote Control, 1	Fernbedienung. Ohne die funktioniert heutzutage kein Fernseher mehr. Mit ihr kann man von der Sportschau zum aktuellen Sportstudio umschalten, ohne vom Sofa aufstehen zu müssen.
Reagan, 1, 3	Ronald. 40. US-Präsident 1981-1989. War Hauptdarsteller in "Bedtime for Bonzo", allerdings nie Football-Profi.
Remove, 1, 3	entfernen (Verb). Man kann Klamotten entfernen (darauf legt es Larry meist an), aber auch Diktatoren aus dem Amt. Das Wort bleibt dasselbe, nur die Handlung unterscheidet sich.
Ring, 1	Ring. Schon die alten Hippies auf der grünen Wiese wußten: Love is a ring and a ring has no end. Mit solchem Unfug kann Larry leider nichts anfangen.
Rip, 3	reißen (Verb). Es gibt Frauen, die sich sogar die Kleider vom Leibe reißen. Wenn Sie an sowas interessiert sind, sollten Sie mal ins Bahnhofskino gehen.
Roberts, 1	Oral, Fersehprediger, "Evangelist". Besitzt eine eigene Universität und eine schwere Macke.
Rock, 3	Stein, Felsen. Also: Rock around the Clock heißt Stein um die Uhr. War doch klar?
Rolling Stones, 1	Rockgruppe. Produzierte eine LP in Form einer Blue Jeans - einschließlich funktionierendem Reißverschluß.
Rope, 1, 3	Seil. Ohne Seil kein Abenteuer. So ist das nun mal.
Rose, 1	Rose. Larry ist zeitweise ein Rosenträger.
Round, 1	um; im Sinne von herum.
Sergeant Pepper, 1	Leiter der Loneley Hearts Club Band
Sewing kit, 2	Nähzeug. Nadel und Faden, Hammer und Sichel. Was man eben so braucht.
Sex, 1	Sex. 'ne tolle Sache
Sinatra, 1	Frank. Schnulzenfuzzi, Saloon-Sänger.
Shadow, 1	Comic-Held, der weiß, welches Unheil in einem Menschen schlummert.
Sharpen, 3	schärfen (Verb). Etwas scharf machen, das vorher stumpf war.
Shop, 1	Laden. Vorzugsweise Getränkeladen, in dem man auch noch andere Sachen kaufen kann.

Show, 1, 2, 3	1. zeigen (Verb) 2. Vorführung, zum Beispiel die Peter-Alexander-Vorführung
Sink, 1	Waschbecken. Im Ausguß eines Waschbeckens findet man die seltsamsten Dinge, die nicht immer ein schöner Anblick sind.
Sit, 1, 2, 3	sitzen (Verb). Im Sitzen kann man oft besser trinken, reden, essen, abwarten.
Skirt, 3	Rock. Traditionelles männliches Beinkleid in den südlichen Hemisphären dieses Planeten.
Slot machine, 1	Spielautomat. Richtig in Lost Wages eingesetzt, ist ein Spielautomat sicherer als ein Banküberfall, wenn man Geld braucht.
Smash, 1	zerschlagen (Verb). Vorsicht: wenn man eine Scheibe mit den bloßen Händen zerschlägt, kann man sich schlimme Infektionen holen.
Soap, 2, 3	Seife. Muß man Ihnen eigentlich alles erklären?
Social Security, 3	Soziale Sicherheit. Eine Art Regierungsangelegenheit.
Soda, 2	Limonade. Gut gegen Durst, macht aber nicht lustig.
Speed, 3	Geschwindigkeit. Die höchste Geschwindigkeit, die man erreichen kann, wenn man von einem 40-stöckigen Gebäude springt, ist ziemlich irrelevant.
Spinach, 2	Spinat. Kräftigt Matrosen und Kleinkinder. Enthält aber weit weniger Eisen, als früher immer angenommen.
Spirochete, 1	Spirochäte. Krankheitserreger, der Syphilis verursacht.
Spouse, 1	Gatte/Gattin. Fatal ihn/sie mit Herpes anzustecken.
Stairs, 3	Treppe, Stufen. Sinnreiches Hilfsmittel, um Höhenunterschiede zu überwinden, ohne zu fliegen.
Stevens, 3	Cat, religiös angehauchter Liedermacher (singer songwriter).
Stick, 2	Stock. Sinnvoll, wenn man jemanden schlagen will, zum Beispiel in die Flucht.
Streaking, 1	blitzen (Verb). War in den 70er Jahren die Bezeichnung dafür, nackt durch die Stadt zu rennen.
Suit, 2, 3	Anzug. Bei Larry weiß und aus unverwüstlichem aber schweißtreibendem Kunststoff.
Suitcase, 2	Koffer. Große rechteckige Tasche, die erst durch ihren Inhalt interessant wird.
Sunscreen, 2	Sonnenöl. Niemals ohne Sonnenschutz in die Sonne legen. Die Haut ist viel empfindlicher, als man denkt.

Sweats, 3	Jogging-Anzug. So ziemlich das Schlimmste, was man in der Öffentlichkeit tragen kann.
Swim, 2	schwimmen (Verb). Einzig sinnvolle Beschäftigung, wenn man bei Windstärke acht auf hoher See ist und gerade feststellt, daß man sein Schiff nicht dabei hat.
Swimsuit, 2	Badehose. Sündhaft teures Utensil, um sündhaftes Auftreten zu verhindern.
Switch, 1, 2	1. schalten (Verb). Was man tun muß, um ein technisches Gerät in Funktion zu setzen. 2. Schalter. Knopf oder Hebel, dessen Betätigung ein technisches Gerät in Funktion setzt.
Take, 1, 2, 3	nehmen (Verb). Das zweitwichtigste Wort im Larry-Wortschatz. Larry kann fast alles nehmen. Nur nicht Vernunft an.
Talk, 1, 2, 3	reden, sprechen (Verb). Das viertwichtigste Wort im Larry-Wortschatz. Warum sollten Sie sich selbst den Kopf zerbrechen, wie Larry zu parlieren hat? Geben Sie ihm einfach den Befehl "talk to..." und ihm wird schon was einfallen. Manchmal.
Taxes, 1	Steuern. Gehören abgeschafft.
Taylor, 1	Elizabeth, Schauspielerin
The, 3	der, die das (bestimmter Artikel). Ist nicht nötig, um vom Programm verstanden zu werden.
Thespian, 3	"Thespis-Jünger", also Schauspieler mit veralteten Ansichten.
Through, 1, 2	durch (Präposition). Durch dick und dünn und so weiter.
Throw, 2, 3	werfen (Verb). Manchmal ist es sinnvoll, etwas wegzuwerfen – sogar Lebensmittel.
Ticket, 2, 3	Schiffs-, Flug- oder Eintrittskarte.
Tie, 1, 3	binden (Verb). Kein Abenteuer ohne Seil, aber ein Seil ist erst dann sinnvoll, wenn man es irgendwo anbinden kann.
Timer, 2	Zeitschalter. Eine praktische Sache. Man drückt auf einen Knopf und nichts passiert. Fünf Minuten später ist längst alles passiert.
Tire iron, 3	Reifenstahl. Ausdruck ohne jede Doppeldeutigkeit.
Tip, 3	Trinkgeld. Bekommt man, wenn man einigen Berufen der Dienstleistungsbranche angehört.

To, 1, 2, 3	zu (Universalpräposition). Drückt manchmal aus, in welche Richtung eine Handlung gehen soll, z.B. talk to the girl.
Top, 2, 3	1. Oberteil. Als Bikini Top ein halber Bikini, der zu nichts nütze ist. 2. (on top) oben, im Sinne von "oben liegen" – hängt von der Gattung ab.
Towel, 3	Handtuch. Wird um so nasser, je mehr es trocknet.
Trash, 2	Müll. Ein Fensterputzer stürzt ab, landet aber weich im Mülleimer. Zwei Kinder stehen dabei: "Guck mal, was die Erwachsenen alles wegwerfen" (kannten Sie schon? Macht nichts. Sehen Sie lieber mal nach, was die Figuren der Larry-Spiele alles wegwerfen).
Tree, 3	Baum. Man kann dagegen rennen oder ihn besteigen – ganz nach persönlicher Vorliebe.
Trilateral Comision, 3	Trilaterale Kommission, internationale Organisation, die sich mit dem Währungsaustausch beschäftigt.
Tub, 1	Badewanne. Reinspringen und sich wohlfühlen.
Turn, 1, 2, 3	1. drehen, umdrehen (Verb). Eine Tätigkeit, die es einem oft erlaubt, auch die Kehrseite einer Medaille zu erkennen. 2. schalten (Verb), also zum Beispiel ein Radio einschalten
TV, 1	Fernsehen. Radio mit Bild, Kino ohne Popcorn. In sogenannten "persönlichen" Anzeigen auch Abkürzung für Trans-Vestit.
UNCLE, 3	Abk. f. United Network Command for Law Enforcement.
Under, 2	unter (Präposition). Wenn Sie über etwas wegwollen: "unter" ist die andere Richtung.
Undress, 1	ausziehen (Verb). Wird weit seltener gebraucht als man annehmen möchte. Larry ist eben doch nicht so.
Unplug, 3	Kabel aus einer Steckdose entfernen (Verb). Manchmal ist die englische Sprache einfach einfacher als die deutsche.
Untie, 1	losbinden (Verb). Einzige Möglichkeit, ein Seil loszuwerden, ohne es zu zerschneiden.
Up, 1, 2, 3	hinauf (Präposition), z.B. "throw up"
Use, 1, 2, 3	benutzen (Verb). Das drittwichtigste Wort im Larry-Wortschatz. Wenn Sie ums Verrecken nicht wissen, wie Sie einen Gegenstand einsetzen sollen, oder nicht wissen,

	wie Sie den Einsatz auf Englisch beschreiben sollen: "use" hilft fast immer.
Utah, 1	US-Bundesstaat, in dem Katholiken, Juden und Frischwasser selten sind.
Vertigo, 3	1. Film von Alfred Hitchcock. 2. Balance-Störung des inneren Ohres.
Vine, 2	Liane. Tarzan schwingt an ihnen hin und her und hin und her und hin und her und hin und her.
Virgins, 1	Jungfrauen. Findet man am ehesten in der St. Mary's Girls School.
W-4, 3	Steuerklasse
Waist, 1	Taille. Bei manchenn Menschen konvex, bei anderen konkav. Letztere sind einfacher festzubinden.
Walk, 3	spazierengehen, laufen (Verb). "walking the dog": Den Hund ausführen. Eine der wenigen Phrasen, die keinen zweideutigen Doppelsinn haben.
Wall, 1	Wand. Manchmal starrt man einfach so an die Wand und hat eine Idee. Manchmal.
Water, 3	Wasser. "I don't drink water – fish fuck in there" (W.C. Fields)
Watergate, 1, 3	1. Hotel, in dem Republikaner Demokraten bespitzelten. 2. Skandal, wegen dem (☞) Richard Nixon das Amt aufgeben mußte.
Wear, 2, 3	tragen (Verb). Im Sinne von Kleidung tragen.
Westworld, 1	Science-Fiction-Film über einen Ferienpark, in dem die Gäste von Robotern bedient und unterhalten werden.
Whiskey, 1	amerikanische Form eines Getränks, das in Schottland Whisky genannt wird, lustig macht und besser schmeckt.
Wig, 2	Perücke. Deutliches Zeichen der Würde englischer Gerichte. Dient aber nicht ausschließlich der Wahrheitsfindung.
Window, 1	Fenster. Löcher in Wänden, durch die man schaut, nicht geht.
Wine, 1, 3	Wein. Der Weltmann trinkt Wein; wenn Sie also unsicher sind: Ein 89er Piesporter Himmelströpfchen, reichlich überzuckert, und jeder wird Sie für einen Genießer halten.

Wire, 3	Kabel. Wenn man es aus der Steckdose zieht, geht der Computer aus.
With, 1, 3	mit (noch 'ne Präposition). Eigentlich die einzige Präposition, die man wirklich braucht, um von Larry verstanden zu werden. Manchmal reicht es nicht aus, Larry zu sagen, was er tun soll, man muß auch sagen, womit er es tun soll.
Wood, 3	Holz – ist man ja nicht draus. Aber auch nicht aus Gußeisen, also Vorsicht.
World, 1	Welt. Sphärischer Körper.
Wozniak, 1	Steve, Mitentwickler der ersten Apple-Computer.
Zadora, 1	Pia, Schauspielerin und Sängerin. Kein Lieblingsstar eines Larry-Spielers.

2. Larry 1: The Land of the Lounge Lizards

Unsere Geschichte beginnt kurz nach dem vierzigsten Geburtstag unseres Helden Larry Laffer. Bis vor kurzem verlief sein Leben in gesicherter Armut und Langeweile. Er war ein "Junggeselle aus Überzeugung" (und aus mangelnder Gelegenheit), lebte brav bei seiner Mama und verbrachte die Abende zu Hause mit seinem Lieblingsbuch (was Sie schon immer über die RS232-Schnittstelle wissen wollten, sich aber nie zu fragen trauten) und seinen Barry-Manilow-Platten. Das Leben hätte so weitergehen können: ruhig und geborgen. Bis es eines Tages passierte... Was? Da gehen die Meinungen auseinander. Larry behauptet, er hätte dieses Leben satt gehabt und sich grundlegend verändern wollen. Andere sagen, seine Mutter hätte ihn satt gehabt, sich grundlegend verändern wollen und ihn deshalb rausgeschmissen. Sie habe sich dann so rasch wie möglich aus dem Staub gemacht und nach Florida zurückgezogen, ohne eine Adresse zu hinterlassen.

Nun, wie dem auch sei, "es" war passiert, und Larry versuchte tapfer, das Beste daraus zu machen. Also orientierte er sich an seinen Helden (Barry Manilow, John Denver und Liberace) und änderte sein Aussehen. Beim Friseur ließ er sich neu stylen (mit Erfolgsgarantie für Aufreißen en gros) und in der "Night Fever Polyester Plaza Boutique" ein Outfit verpassen, das aus Larry Laffer "Leisure Suit Larry" machte: ein weißer Polyester-Anzug, offener Kragen, Goldkettchen, wohin das Auge blickt. Unwiderstehlich. Nachdem er so seinem Aussehen und seiner Persönlichkeit eine entscheidende 360-Grad-Wende gegeben hatte, stürzte er sich ins Nachtleben. Nach ein, zwei Versuchen im heimischen "Ball der Einsamen Herzen" fühlte er sich reif für die große Sause: eine Nacht in Lost Wages, dem Nachtclub- und Zockerparadies. Wir treffen unseren Helden kurz nach seiner Ankunft in Lost Wages. Gerade angekommen, steht er

unschlüssig auf dem Bürgersteig und sieht sich eine Fassade an: "Lefty's Bar". Nicht besonders vielversprechend, aber zum Vorglühen allemal gut genug. Er öffnet die Tür und betritt die Bar.

Die Bar sieht von innen ähnlich vielversprechend aus wie von außen: gar nicht. Egal. Larry setzt sich auf einen freien Platz am Tresen, hört sich kurz die Gespräche seiner Nachbarn an, entschließt sich, keinen Kontakt mit diesen Leuten aufzunehmen, und bestellt sich ein Bier. Dafür wird er drei Dollar los und bekommt ein leicht benommenes Gefühl im Kopf. Also versucht er es beim nächsten Drink mit Whiskey.
☞ **1 Punkt**

Das Gefühl, einen Whiskey in der Hand zu halten, erinnert ihn an alte Humphrey-Bogard-Filme (ich seh Dir in den Ausschnitt, Kleines). Also entscheidet sich Larry, das Glas nicht macho-mäßig 'runterzukippen, sondern es noch viel macho-mäßiger in der Hand zu halten und ein wenig durch die Kneipe zu gehen. Beim Gang durch die Kneipe befällt ihn ein menschliches Rühren, und er sucht die Toilette auf. Der Vorraum zur Toilette ist noch heruntergekommener als die Kneipe und läßt Schlimmeres befürchten. Also sammelt sich Larry noch ein wenig und spricht den Trunkenbold an, der auf dem Boden sitzt. Nach kurzem Plaudern entdeckt Larry sein Herz und gibt dem Mann seinen Whiskey. Dafür erhält er zwar nicht das letzte Hemd, wohl aber den letzten Wertgegenstand des alten Trinkers. Herzergreifend, nicht wahr?

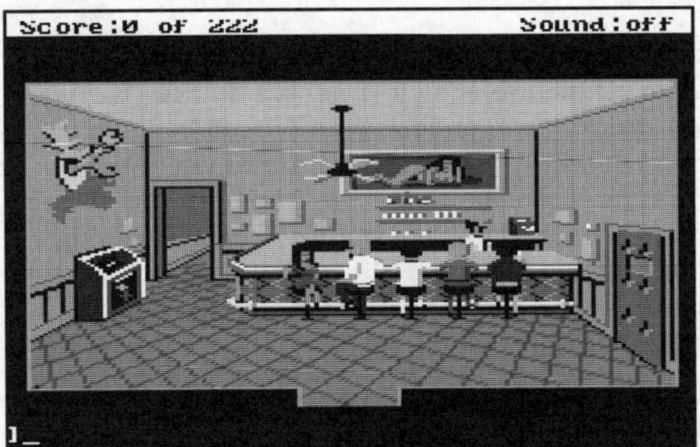

☞ **3 Punkte**

Wo Larry schon einmal im Taumel der Gefühle ist, greift er blindlings auf den kleinen Tisch im Vorraum und nimmt, was er kriegen kann.
☞ **4 Punkte**

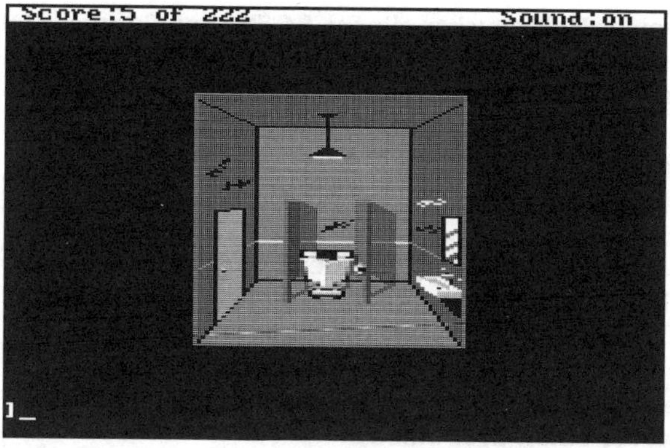

Schließlich wird die Stimme der Natur immer lauter, und er betritt zaghaft die Toilette. Er verrichtet seine Notdurft und studiert gleichzeitig die Graffiti an der Wand. Interessante Dinge stehen da.
☞ **5 Punkte**

"Vor dem Klo und nach dem Essen: Hände waschen nicht vergessen!" So oder ähnlich hat er jedenfalls die Hygiene erlernt, und so wäscht er sich also die Hände.

Dabei fällt sein Blick unwillkürlich ins Waschbecken. Kaum zu glauben, was manche Leute an Orten wie diesen alles liegenlassen. Wie dem auch sei, Larry nimmt, was er kriegen kann, und überläßt das schlechte Gewissen anderen.
☞ **8 Punkte**

In der Bar hält sich Larry nicht mehr lange auf. Schließlich ist er nicht nach Lost Wages gekommen, um sich zu betrinken, sondern um anderen Lastern nachzugehen. Er verläßt die Bar und sieht sich um.

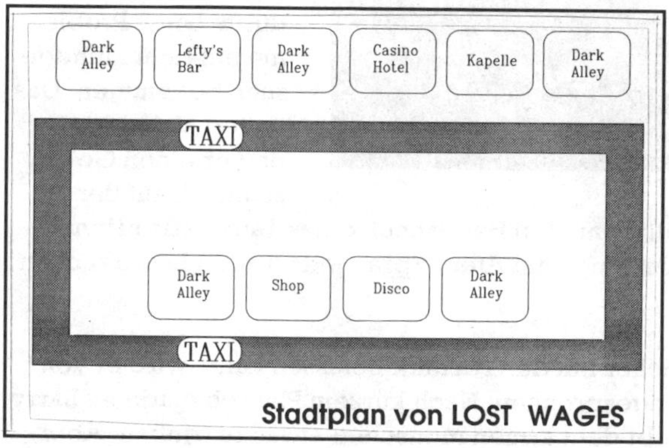

Stadtplan von LOST WAGES

Die Gegend ist alles andere als vertrauenerweckend, also ruft er ein Taxi, anstatt sein Glück zu Fuß zu versuchen.

Vom Taxifahrer läßt sich Larry erst einmal die Sehenswürdigkeiten der Stadt aufzählen. Da ist eine Disco, voller Hühner,

ein Casino, gleich neben einer Hochzeitskapelle mit 24-Stunden-Service, und es gibt einen Laden, der die ganze Nacht geöffnet hat und den der Taxifahrer wärmstens empfiehlt. Das klingt überzeugend, und so läßt sich Larry erst mal zum Laden fahren, um seine Saturday-Night-Ausstattung zu vervollständigen.
☞ **9 Punkte**

Kaum aus dem Taxi ausgestiegen, stößt Larry sich den Kopf an einem Mast, an dem auch ein öffentliches Münztelefon hängt. Aber er hat sich ja vorgenommen einzukaufen. Im Laden sieht sich Larry erst einmal um: ein Zeitschriftenregal, ein Getränkeregal und ein kleines handgeschriebenes Schild, auf dem Kondome angepriesen werden. Larry will auf keinen Fall etwas auslassen, also macht er einen Großeinkauf.
☞ **15 Punkte**

Vor dem Laden beginnt Larry sich für das Telefon zu interessieren. In seinem Lieblingsbuch über die RS232-Schnittstelle gab es ein Kapitel, in dem diese Geräte erwähnt wurden. Er muß das einfach mal ausprobieren.

Auf dem Telefon stehen sogar einige Telefonnummern, mit denen er den Apparat testen kann.
☞ **16 Punkte**

(Spätestens jetzt dürfte Larry Probleme mit dem Mundgeruch bekommen. Das äußert sich darin, daß er einen Geschmack auf der Zunge bekommt, der deutlich an den Handschuh eines Tankwarts erinnert. Ein Problem, dem man allerdings mit Atem-Spray jederzeit zu Leibe rücken kann.)

Ehe er sich aber ausführlicher mit der Technik befassen kann, wird er von einem weiteren Trinker angesprochen. Nach kurzem Plausch entdeckt Larry abermals sein Herz und gibt dem armen Menschen etwas zu trinken. Aber-

mals bleibt die gute Tat nicht ohne Lohn, und der Schluckspecht gibt Larry seinen letzten Wertgegenstand, den Larry ohne Gewissensbisse entgegennimmt.
☞ **21 Punkte**

Telefonnummer: 555 - 69 69
Der Test mit dem Telefon verläuft zwar etwas enttäuschend, Larry ist aber dennoch von dieser Technik fasziniert. Diese neuen Eindrücke wollen erst einmal verarbeitet sein, also ruft er sich ein Taxi und läßt sich zu Lefty's Bar fahren.
☞ **23 Punkte**

Dort angekommen, fällt ihm plötzlich die schwere Holztür rechts neben dem Eingang auf. Er muß doch herausfinden, was sich dahinter verbirgt. Ohne sich um die anderen Gäste zu kümmern (die kümmern sich schließlich auch nicht um ihn), klopft er laut und vernehmlich an die Tür. Zu seinem Erstaunen gibt es tatsächlich eine Reaktion: Eine Stimme fragt nach dem Paßwort.

Nach kurzem Nachdenken fällt Larry das Paßwort wieder ein, und er wird eingelassen. Leider ist das Reinkommen nur die halbe Miete. In Larrys weiterem Weg steht ein recht bärbeißiger Kleiderschrank, der mehr Geld verlangt, als Larry ausgeben kann. Vielleicht gelingt es ja, den Knaben abzulenken.

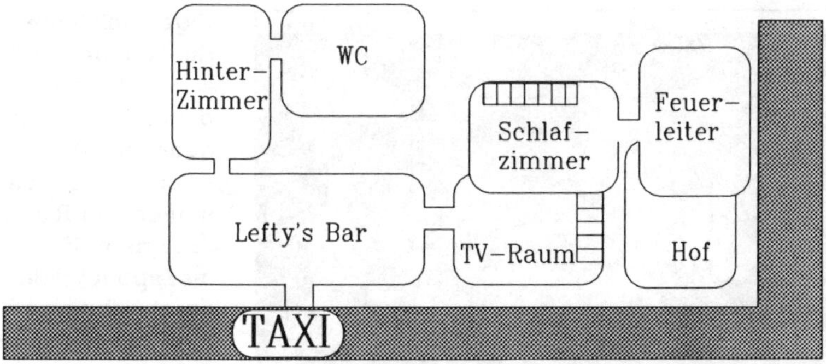

Lefty's Bar und Hotel

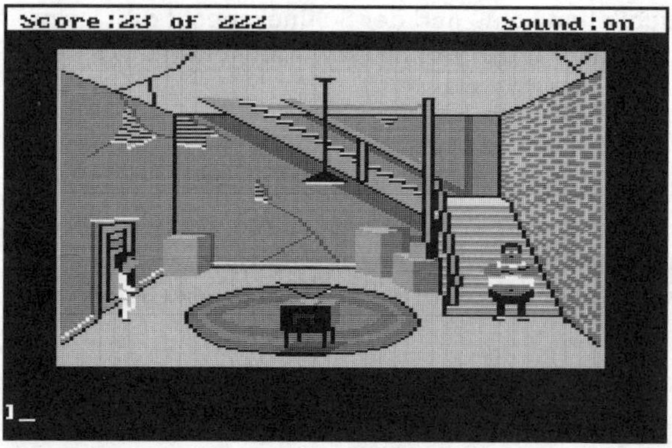

Schließlich muß der Fernseher, der im Hinterzimmer steht, ja einen Sinn haben. Larry versucht ihn anzumachen (den Fernseher, nicht den Zuhälter!), aber das fällt schwer: Der Einschaltknopf ist abgefallen. Das ist fast so schlimm, als wäre die Programmauswahl-Funktion gerade in dem Moment ausgefallen, als gerade ein Sportkanal eingeschaltet war. Aber Larry ist inzwischen schon recht gut ausgestattet und weiß sich zu helfen.

☞ **26 Punkte**

Der Fernseher ist also erst mal an. Nach einigem Hin- und Herschalten findet Larry sogar eine Sendung, die dem geistigen Niveau des Zuhälters entspricht und ihn entsprechend ablenkt, so daß Larry der weitere Weg offen steht.

☞ **34 Punkte**

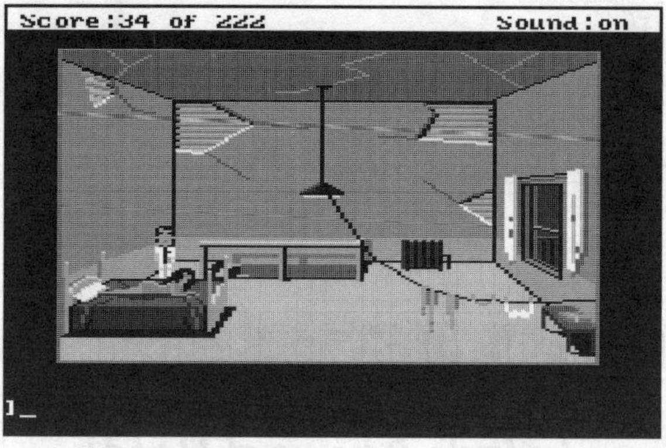

Eigentlich hatte Larry die Toilette der Bar schon für "verdammt" verkommen gehalten, aber schlimmer geht's immer: Der Raum über dem Hinterzimmer spottet jeder Beschreibung. Dennoch hat er eine Attraktion: Ein Mädchen.

Larry kann seine Gefühle kaum noch bezähmen. Er zieht sich aus. In einem letzten wachen Moment ergreift er die nötigen Schutzmaßnahmen, springt aufs Bett und ab geht's.
☞ **44 Punkte**

Naja, sexuelle Erfahrung hat Larry nun zwar gemacht, aber das Gelbe vom Ei war's gerade nicht. Irgendwie hatte er sich das alles ganz anders vorgestellt. Vielleicht war das ja noch nicht die Erfüllung? Er schwört sich, seine Suche ungebrochen fortzusetzen und die wahre Liebe zu finden. Zunächst sollte er sich allerdings wieder so herrichten, daß er sich an die Öffentlichkeit wagen kann.
☞ **55 Punkte**

Ehe er den Ort des Geschehens verläßt, sieht er sich noch einmal gründlich um und sammelt auf, was keinen anderen Herrn hat - als Andenken. Da Larry für neue Erfahrungen immer zu haben ist, verläßt er den Raum durchs Fenster und benutzt die Feuerleiter.
☞ **58 Punkte**

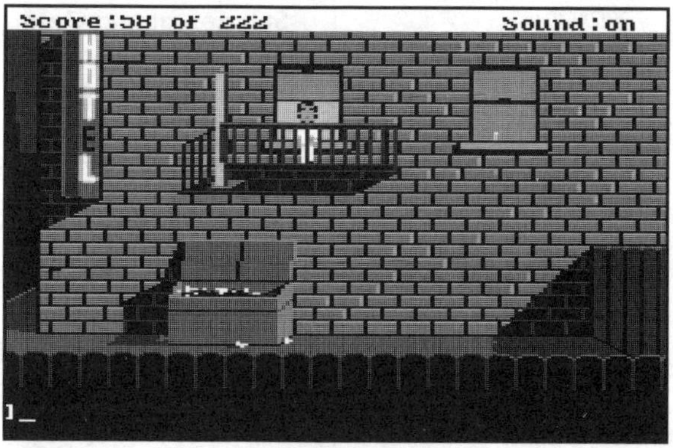

Natürlich stürzt er ab. Glücklicherweise landet er im Müllcontainer und verletzt sich nicht. Wo er einmal da ist, kann er sich auch gründlicher umsehen und nehmen, was er kriegen kann, ehe er den Container verläßt und ein Taxi ruft.
☞ **61 Punkte**

Diesmal entscheidet er sich für das Casino als nächstes Ziel. Schließlich ist Lost Wages in erster Linie ein Zockerparadies, und er hat das bestimmte Gefühl, daß er seine wahre Liebe im Casino findet.

Im Casino bleibt er unschlüssig stehen. Blackjack oder Spielautomat? Das sind Entscheidungen, die einen um den Nachtschlaf bringen können.

(Egal wie Sie sich jetzt entscheiden: Sie sollten hier erst einmal Larrys Barschaft auffüllen. Das Casino hat eine Gewinngrenze von insgesamt 250 Dollar, die Sie ausschöpfen sollten.

Vergessen Sie nicht, oft und regelmäßig zwischenzuspeichern, denn Sie können auch Geld verlieren, und ohne Geld ist Larry ziemlich aufgeschmissen.)

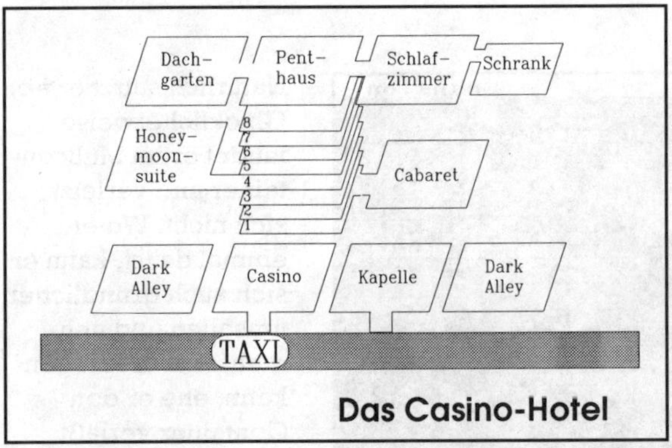

Das Casino-Hotel

Nachdem er für die nächsten paar Stunden genug Geld gewonnen hat, sieht sich Larry im Casino weiter um. Dabei geht er gründlich vor und sieht sogar in die Aschenbecher. Natürlich nimmt er, was er kriegen kann.
☞ **62 Punkte**

Die Show des Casinos hat nicht ganz die Klasse, die man in Lost Wages eigentlich erwarten sollte. Larry ist ein wenig enttäuscht und verläßt das Casino, um die Disco auszuprobieren. Vor dem Casino trifft Larry einen Mitmenschen, der beim Spielen weniger Glück hatte als er. Wie schon mehrmals erwähnt: Unter Larrys polyesterbewehrter Brust schlägt ein Herz aus Gold. Larry hilft dem armen Teufel weiter und wird abermals reich belohnt.
☞ **65 Punkte**

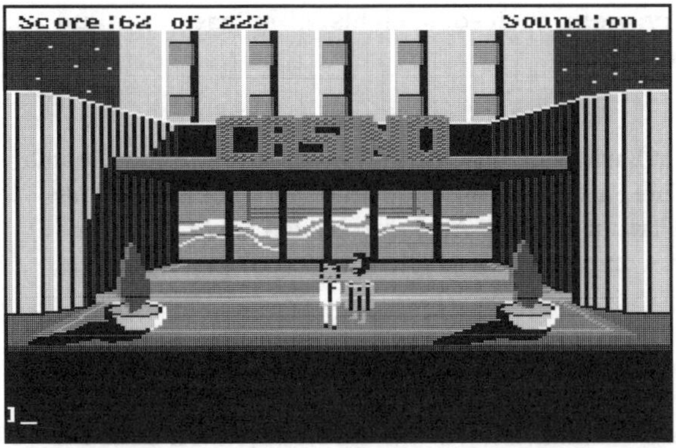

(Es kann übrigens passieren, daß Ihnen dieser seltsame Zeitgenosse nicht sofort begegnet. Haben Sie Geduld, und werden Sie nicht nervös. Irgendwann im Spiel werden Sie von diesem Menschen angesprochen und sollten ein Herz aus Gold zeigen.)

Die Disco ist natürlich wieder einer dieser Privatclubs. Aber Larry weiß sich wie immer zu helfen und erhält Einlaß. Und tatsächlich, oben ist der Bär los. So eine Sause hat Larry sich schon immer gewünscht. Acht Typen in weißen Polyesteranzügen, die alle eine einsame Blondine anstarren. Das kann ich auch, denkt sich Larry und setzt sich dazu.
☞ **71 Punkte**

Nun ist der einzige freie Platz am Tisch der Blondine, und so sieht sich Larry genötigt, ein Gespräch anzufangen.

Er sieht ihr tief ins blaue Auge und erzählt Unfug. Die Reaktionen der Dame sind entsprechend.

Schließlich kommt Larry auf die glorreiche Idee, die junge Dame zum Tanzen aufzufordern.
☞ **72 Punkte**

Seltsam. Tanzen kann Larry, wenn auch sonst nichts. Aber lassen wir ihm neidlos seine wenigen Qualitäten.
☞ **77 Punkte**

Nach dem Tanzen versucht Larry sich wieder in Konversation. Auch diesmal nur mit mäßigem Erfolg, bis Fawn (so heißt das Mädchen) schließlich mit dem Zaunpfahl winkt und Tribut fordert. Also durchsucht Larry seine Taschen und gibt ihr, was ihm angemessen erscheint. Und das ist reichlich.
☞ **92 Punkte**

Immerhin verfehlt die Geschenke-Orgie nicht ihre Wirkung auf Fawn. Sie entflammt in Liebe zu Larry und will ihn am liebsten sofort heiraten. Dazu braucht sie aber noch Geld. Schließlich will Sie die Honeymoon-Suite im Casino anmieten. Larry zeigt sich großzügig, gibt ihr das Geld und verabredet sich mit Fawn an der kleinen Hochzeitskapelle neben dem Casino.
☞ **99 Punkte**

Natürlich fährt Larry mit dem Taxi zur Kapelle. Vor der Kapelle steht ein älterer Herr und vergnügt sich mit seinem Hobby. Um seine Nerven zu beruhigen, scherzt Larry noch etwas mit dem Herrn, ehe er schließlich die Kapelle betritt.
☞ **100 Punkte**

In der Kapelle wird Larry bereits von Fawn und einem freiberuflichen Friedensrichter erwartet. Ohne noch länger zu überlegen, stürzt er sich ins Abenteuer und heiratet Fawn. Die eigentliche Zeremonie ist eher schlicht gehalten. Niemand wirft Reis, keiner streut Blümchen, nur der freiberufliche Friedensrichter läßt es sich nicht nehmen, auf das Wohl des Brautpaares zu trinken.

Regelmäßig. Jedenfalls sind Larry und Fawn nun sozusagen verheiratet und damit für die Hochzeitsnacht hinreichend vorbereitet. Fawn kann es gar

nicht mehr erwarten und flitzt sofort ins Casino, in die Honeymoon-Suite. Larry hat Probleme, nachzukommen.
☞ **112 Punkte**

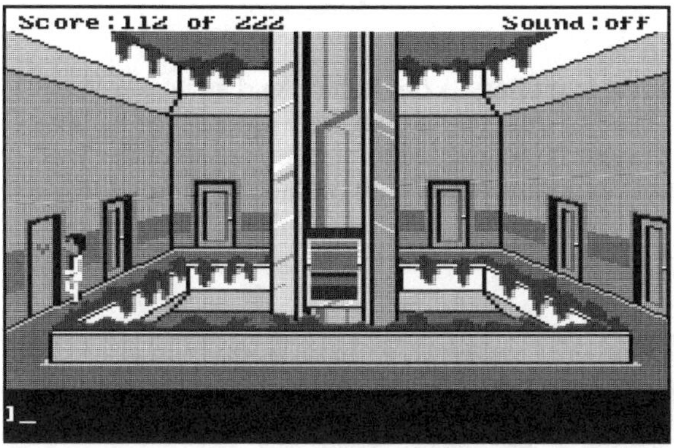

Im Casino ist die Honeymoon-Suite schnell gefunden: Nur eine einzige Tür im gesamten Hotel-Komplex des Casinos ist mit einem Herzen verziert. Also faßt sich Larry ein solches und begehrt Einlaß. Das Zimmer bietet alles, was man sich für die Hochzeitsnacht wünschen kann. Ein herzförmiges Bett, schummrige Beleuchtung, schwüle Atmosphäre und ein Radio, das Larry natürlich anmacht. Schließlich gehört auch stimmungsvolle Musik dazu; auch wenn sie manchmal durch Werbung unterbrochen wird.
☞ **113 Punkte**

Leider hat Fawn noch nicht alles, um in die richtige Stimmung zu kommen. Sie hätte gern noch etwas Wein. Verständlicher Wunsch. Also versucht Larry, den Zimmerservice zu alarmieren, was aber daran scheitert, daß das Zimmer kein Telefon hat. Es hilft nichts, Larry muß noch einmal losziehen.

Glücklicherweise gibt es im Erdgeschoß gleich neben dem Aufzug ein Telefon. Unglücklicherweise ist dieses Telefon kaputt. Es hilft nichts, Larry muß sich ins Taxi setzen und zum nächstbesten Telefon fahren. Das hängt vor dem Getränkeladen.

(Sollten Sie nun der Ansicht sein, Larry könnte den Wein dort auch gleich kaufen und ins Hotel mitnehmen: Speichern Sie den aktuellen Spielstand, und probieren Sie es ruhig aus.)

Ehe Larry mit der Firma Ajax Liquor Store telefonieren kann, um den Wein zu bestellen, klingelt das Telefon, und er muß wohl oder übel dran gehen.

Mal wieder einer dieser obszönen Anrufe. Egal. Larry wählt die Nummer der Getränkefirma und bestellt eine Flasche Wein in die Honeymoon-Suite des Casinos.
☞ **123 Punkte**

Ajax Liquor Store: 555 - 80 39
Die Firma Ajax liefert wirklich schneller als der Schall, und so ist der Wein schon vor Larry bei Fawn. Die hat sich inzwischen ein wenig mit dem netten Botenjungen unterhalten. Da der Botenjunge wieder weg ist, reichen zwei Gläser, in die Larry nun den Wein füllt. Fawn muß offenbar dringend in die richtige Stimmung kommen, also kippt sie ihr Glas in einem Zug hinunter. Larry füllt es, und sie kippt das zweite Glas hinterher. Larry ist zuversichtlich: Es klappt.

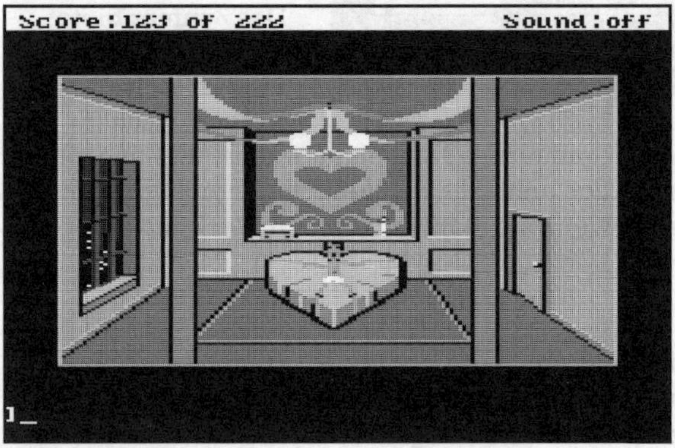

Er küßt Fawn, er zieht sich aus, er legt sich auf's Bett, er schließt die Augen. Nun ist Fawn dran. Leider hat Fawn andere Vorstellungen von einer Hochzeitsnacht als Larry. Und so findet sich unser Held in Unterhosen ans Bett gefesselt wieder. Fawn hat ihm nicht nur seine Illusionen, sondern auch sein Geld genommen. Glücklicherweise ist Larry nicht ganz so hilflos, wie es den Anschein hat. Nachdem er das Seil zerschnitten und eingesteckt hat, kehrt er ins Leben zurück, das Herz voll Bitternis. Um sich abzulenken und zu Geld zu kommen, geht er hinunter ins Casino und zockt ein wenig.
☞ **136 Punkte**

Nachdem er sich so ein wenig von seinem Schock erholt hat, verläßt Larry das Casino, um erst mal einen zu heben. Dazu fällt ihm natürlich kein besserer Ort als Lefty's Bar ein. Beim Bier läßt Larry sich das ganze Geschehen noch einmal durch den Kopf gehen und fragt sich, ob er einen Fehler gemacht hat. Hat er nicht. Aber es fällt ihm ein, daß er bisher einen unscheinbaren Gegenstand vergessen hat, den er auf einem Fensterbrett gesehen hat. Larry erhebt sich, klopft an die Tür rechts vom Bareingang und geht zielbewußt am Zuhälter vorbei, die Treppe hinauf, an dem Mädchen vorbei und klettert auf die Feuerleiter. Dort angekommen, blättert er erst mal seine Illustrierte durch. Dabei fällt Ihm ein, wie er an das Nachbarfenster kommt und damit an den geheimnisvollen Gegenstand.

☞ **137 Punkte**

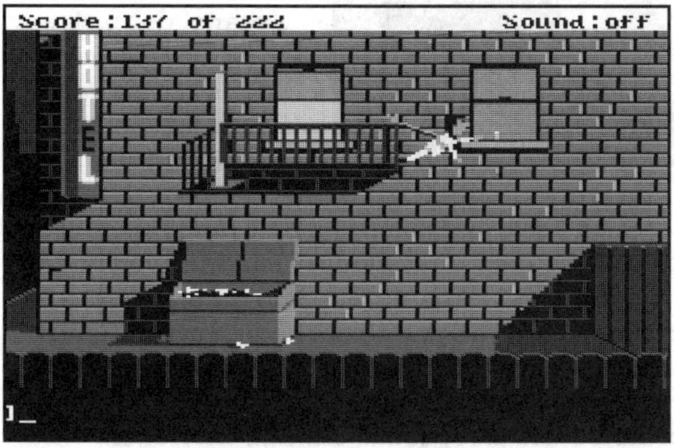

Larry sichert sich vernünftig ab, klettert über das Geländer und erreicht das Fenster. Nun geht es leider nicht ohne Vandalismus ab: Larry zerschlägt die Scheibe, um an den Gegenstand zu kommen, der sich als Pillenröhrchen erweist. Wer weiß, wofür's gut ist? denkt sich Larry und steckt sich die Pillen ein. Vielleicht kriegt er demnächst ja mal Kopfschmerzen, was bei seinem Lebenswandel kein Wunder wäre. Er klettert zurück und verläßt die Feuerleiter auf kürzestem Wege.

☞ **145 Punkte**

Nun bleibt die Frage, was er mit dem angebrochenen Abend anfangen soll: In die Bar will Larry nicht mehr, der Laden bietet auch keine Geheimnisse mehr für ihn, und auch die Vorstellung, noch mal in die Disco zu gehen, erscheint ihm schal. Lediglich das Casino hat er noch nicht vollständig erforscht. Vielleicht findet er ja doch noch die Erfüllung.

Nach einer kurzen Rundfahrt mit dem Aufzug entdeckt Larry tatsächlich eine Etage im Hotel, die sich von den anderen unterscheidet. Eine Empfangsdame sitzt hinter einem Pult und scheint gerade auf Larry gewartet zu haben. Er spricht sie an. Nach kurzem Plaudern merkt Larry, welches Stimulans Faith, die Empfangsdame, braucht und gibt ihr davon. Die Wirkung ist überwältigend. Larry hat allen Grund, Faiths Freund zu beneiden.

☞ **150**

Nachdem Faith den Ort der Handlung geräumt hat, sieht sich Larry das Empfangspult genauer an und folgt seinem Spieltrieb. So entdeckt er einen Zugang, der bislang verschlossen war, und findet ins Penthouse des Hotels.
☞ **155 Punkte**

Im Penthouse drängt es Larry zunächst ins Schlafzimmer. Dort öffnet er die nächste Tür und findet sich im Kleiderschrank wieder, umgeben von uninteressanten Klamotten und einer aufblasbaren Gummipuppe. Das scheint ein Wink des Schicksals zu sein, glaubt Larry und ergibt sich in sein Schicksal. Er bläst die Puppe auf und macht sich nach einigem Zieren an ihr zu schaffen. Nun läuft alles ab wie ein Film: Die Puppe bekommt ein weiteres Loch und zischt ab wie ein Luftballon. Larry rennt, ohne zu überlegen, hinterher und findet sich plötzlich auf dem Dachgarten wieder.
☞ **173**

Vor ihm ein Whirlpool. Im Whirlpool eine wunderschöne Frau, die nichts dagegen zu haben scheint, daß er zu ihr in die Wanne steigt. Das muß ein Traum sein. Die Dame teilt bereitwillig ihren Champagner mit unserem Helden, allerdings scheint sie auch auf etwas zu warten. Ehe das Wasser zu kalt ist, sieht Larry sich gründlich um und erfährt dabei ihren Namen. Damit ist es auch klar, worauf die Dame wartet. Larry

gibt ihr, was sie haben möchte, und findet, was er gesucht hat: die Erfüllung.
☞ **213 Punkte**

Für Sie ist das natürlich frustrierend. Jetzt haben Sie Larry die ganze Zeit weitergeholfen und nun, wo es endlich zu Sache geht, wird ausgeblendet, Ken Williams erscheint und erzählt Ihnen etwas von der nächsten Larry-Folge. Zu blöd. Allerdings gibt es für Sie noch etwas zu tun: Sie haben das Spiel mit 213 anstatt mit 222 Punkten beendet. Also, fangen Sie nochmal von vorn an und sehen sich an, wo die restlichen neun Punkte versteckt sind, auf die wir Sie nicht gestoßen haben. Aber diesmal ohne Hilfe.

3. Larry 2: Looking for Love (in several wrong places)

Wir treffen Larry einige Zeit später in Los Angeles wieder. Der berühmte Zahn der Zeit hat auch unseren Helden nicht unbenagt gelassen: Der Haaransatz hat sich etwas nach oben verschoben, und der unverwüstliche weiße Polyamid-Anzug spannt manchmal etwas über dem Bauchansatz.

Das alles ist aber kein Grund zur Besorgnis. Schließlich ist man so jung, wie man sich fühlt. Heißt es. Larry verhält sich entsprechend. Einen seit neuestem aufkeimenden Hang zur Häuslichkeit bekämpft er mit regelmäßigen Disco-Besuchen. Dort machen ihm die Mädchen immer noch Angebote. Allerdings bieten sie ihm jetzt immer häufiger einen Sitzplatz an.

Von einer für ihn untypischen Nachdenklichkeit gepackt, mäht Larry den Rasen vor Eves Haus. Hier beginnt unsere Geschichte. Eve kehrt vom Einkaufen zurück und bringt anscheinend auch ein neues Bewußtsein mit. Völlig entgeistert sieht sie Larry an und fragt, wer er sei und warum er ihren Rasen mähe.

Larry versucht, ihrem Gedächtnis ein wenig auf die Sprünge zu helfen. Der Erfolg ist durchschlagend: Eve erinnert sich tatsächlich vage an den Helden von Lost Wages. Diese Erinnerung reicht ihr nun wirklich, um Larry gnadenlos vor die Tür zu setzen. Sie gibt ihm fünf Minuten Zeit, um das Haus zu verlassen. Und sie hetzt ihren Hund auf ihn. Völlig entgeistert läßt Larry den Angriff der reißenden Bestie über sich ergehen. Er ahnt nur wenig davon, daß sich zur gleichen Zeit Wolken des Unheils über dem tropischen Paradies Nontoonyt zusammenbrauen.

Endlich hat die Bestie von ihm abgelassen, und Larry steht auf der Straße mit nichts als leeren Taschen und einem weißen Polyester-Anzug um diese Taschen herum. Eve hat ihm zwar gesagt, er solle all seine Sachen aus dem Haus räumen, hat ihm deswegen aber nicht ihren Hausschlüssel gegeben. Alles, was ihm noch offen steht, ist die Garage, in der er sich ausgiebig umsieht und mitnimmt, was er kriegen kann. Viel ist es nicht.
☞ **3 Punkte**

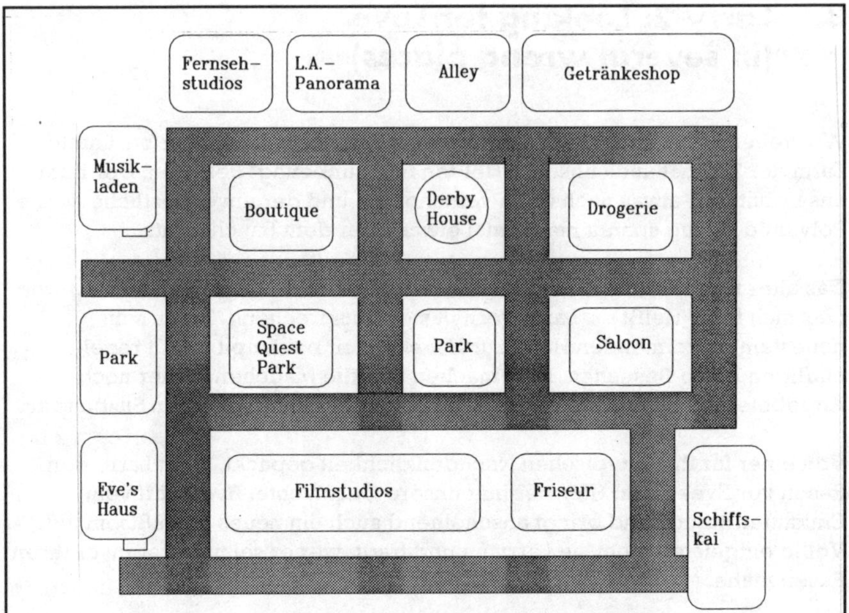

Stadtplan von Los Angeles

Larry macht sich auf. Ziellos wandert er durch die Straßen von Los Angeles und überlegt, was er tun kann. So guckt er denn unterwegs mal hierhin und mal dahin. Der Blick hinter die Kulissen von Los Angeles bringt ihm einige Erkenntnisse über den weiteren Erfolg einer Firma, die allen bekannt ist.

☞ **5 Punkte**

Alle Läden sind teuer und bieten ihm nichts. Lediglich im Getränkeladen am anderen Ende der Stadt bietet sich die Chance für ein Geschäft, mit dem er ein neues Leben beginnen könnte: Er ersteht ein Lotterielos.

☞ **8 Punkte**

Wenn er schon Pech in der Liebe hat, ist es nur recht und billig, daß er im Spiel Glück hat. Um das herauszufinden, muß Larry erfahren, ob seine sechs Glückszahlen wirklich Erfolg haben. Das ist nur im Fernsehstudio rauszukriegen, schließlich wird die Lotterie von dieser Station ausgerichtet. Larry nimmt all seinen Mut zusammen und betritt die Räume des Senders.

Hier spricht er die Empfangsdame an und fragt, ob er mit seinem Los einen Blumentopf gewinnen kann. Leider hat die junge Dame ihre Brille verlegt und kann die Nummern auf Larrys Los nicht entziffern. Allerdings hat sie die Gewinnzahlen im Kopf und fragt Larry, ob sie mit den Zahlen auf seinem Los übereinstimmen. Nach kurzem Überlegen stellt sich heraus, daß Larry einen Haupttreffer gelandet hat. Wozu braucht man schließlich Glück, wenn man einen miesen Charakter hat?

☞ **18 Punkte**

Da die Lotteriesendung gerade aufgezeichnet wird, verständigt die Empfangsame sofort den Regisseur und bittet unseren Glückspilz, solange im grünen Zimmer zu warten. Noch ehe sich Larry Gedanken darüber machen kann, warum das grüne Zimmer grünes Zimmer heißt, wenn es doch gar kein grünes Zimmer ist, wird er von einem Produktionsassistenten abgeholt. Ohne zu fragen, folgt Larry dem jungen Mann und landet im Fernsehstudio.

☞ **19 Punkte**

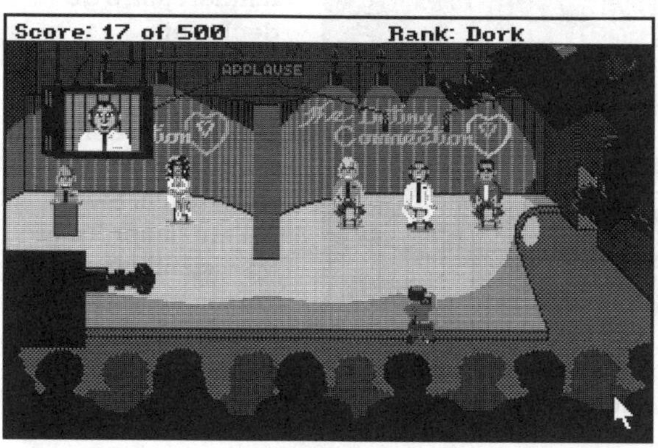

Irgendwie hat Larry sich die Lotterie-Show ganz anders vorgestellt. Aber er fügt sich in sein Schicksal und spielt mit - was hat er schon zu verlieren?
Nach einigen Augenblicken stellt sich heraus, daß Larry das Opfer einer Verwechslung geworden

ist und auf der falschen Beerdigung gelandet ist – besser gesagt in der falschen Show. Hier bewerben sich drei Kandidaten um die Gunst der Bachelorette (Junggesellin) Barbara Bimbo, einer attraktiven Hobby-Programmiererin aus Kalifornien. Larry wird mit Raguka Singh Soong, einem Physiker aus Pakistan (Ohio), verwechselt, einem der drei Kandidaten. Aber Larry muckt nicht auf. Schließlich ist Barbara wirklich recht wohl geraten, und der Gedanke an eine Kreuzfahrt mit ihr stimmt unseren Helden hoffnungsfroh.

Mit mehr Glück als Verstand setzt sich Larry tatsächlich gegen seine Mitbewerber, einen Surfboard-Wachser und einen arbeitslosen Journalisten, durch. Sehr zum Mißvergnügen von Barbara. So wird er mit Barbara einen Monat auf einem Traumschiff verbringen (wo sie ihm nicht entwischen kann).
☞ **39 Punkte**

Im grünen Zimmer bekommt Larry seinen Preis und setzt sich noch einmal hin, um Luft zu holen. Kaum hat er durchgeatmet, erscheint der nächste Produktionsassistent und holt ihn in die richtige Show.
☞ **45 Punkte**

Wie gesagt, Glück im Spiel, Pech in der Liebe. Larry gewinnt in der Show eine Eine-Million-Dollar-Note, den größten Preis, den es je zu gewinnen gab. Damit dürfte Larrys Bedarf an "Pech in der Liebe" für die nächsten paar hundert Jahre gedeckt sein.
☞ **64 Punkte**

(Ab diesem Zeitpunkt wird Larry 2 übrigens zeitkritisch. Sie sollten daher Ihren Spielstand oft und in verschiedenen Phasen abspeichern. Es kann nämlich passieren, daß Sie sich zu lang in Los Angeles herumtreiben und dadurch den Anschluß verpassen.)

Was tut man, wenn man eine 1.000.000-Dollar-Note in der Tasche hat? Klar, man macht einen Einkaufsbummel. Larry besorgt sich rasch die nötigsten Utensilien, die er für die Kreuzfahrt mit Barbara Bimbo braucht. Zunächst braucht er seinen Reisepaß. Den hat er bei Eve zurücklassen müssen. Aber vielleicht hat Eve ja inzwischen ihre Meinung geändert? Immerhin ist Larry jetzt reich und berühmt. Er macht sich zu Eves Haus auf. Aber kein Gedanke an einen Sinneswandel bei Eve. Selbst die Garage ist jetzt verbarrikadiert. Darüber hinaus scheint Eve alles, was von Larry noch übrig geblieben war, entsorgt zu haben. Larry betrachtet den Scherbenhaufen seiner ersten Beziehung und sucht zusammen, was er noch brauchen kann.
☞ **69 Punkte**

Nun geht es ans Einkaufen. Larry besorgt sich eine Badehose, Sonnenschutzöl und kann der Versuchung nicht wiederstehen, den Automaten im Getränkeladen auszuprobieren. Schließlich geht er noch zum Friseur und läßt sich einen neuen Haarschnitt verpassen.
☞ **97 Punkte**

Bis zur Abfahrt des Dampfers bleibt noch etwas Zeit, und so sieht sich Larry den einzigen Laden in der Gegend an, der bis dato geschlossen hatte: den Musikladen. Natürlich beginnt er einen

Plausch mit der hübschen lateinamerikanischen Verkäuferin. Leider spricht diese eigentlich nur spanisch, und Larrys Spanischkenntnisse lassen sich auch beim besten Willen nur als bizarr bezeichnen. Was kann er schließlich dafür, daß er in der Schule im Spanischunterricht etwas Schlaf nachholen mußte? Und was kann er dafür, daß sein seltsames Spanisch für den Geheimcode der Untergrundorganisation des schrecklichen Dr. Nonookee gehalten wird? Und was kann er dafür, daß er dadurch in ein Netz von Spionage und Gegenspionage hineingerät, gegen das Gorky Park eine Art Ferienparadies ist? (Nehmen Sie sich um Himmels willen die Zeit, den Dialog im Musikladen genau zu verfolgen. Er gehört zum Komischsten, das Larry 2 zu bieten hat. Übrigens: Solange ein Textfenster auf dem Monitor erscheint, wird die Spieluhr angehalten, so daß Sie, ohne einen Zeitverlust riskieren zu müssen, alle Texte lesen und übersetzen können.)

Larry verläßt den Laden um einige Erfahrungen reicher, mit einer Onklunk und mit dem KGB und Dr. Nonookees Agentenring auf den Fersen.

☞ **104 Punkte**

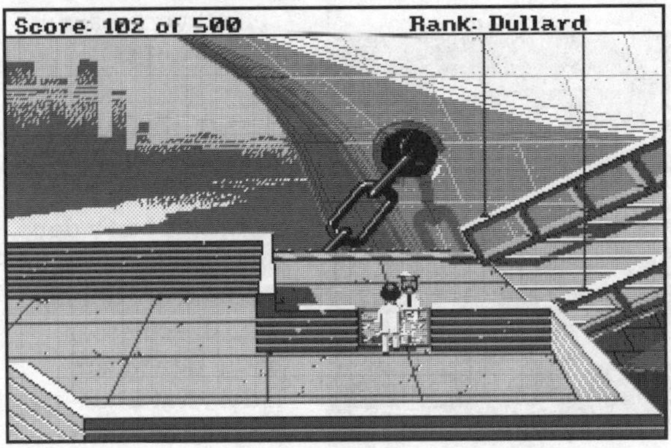

Ohne weitere Umwege, die ihn durchaus in einen geheimen Folterkeller des KGB bringen könnten, begibt sich Larry nun zur Mole und aufs Schiff. Der Zahlmeister kann sich zwar einige dumme Bemerkungen über Leute, die ihre

Fahrscheine in Fernsehshows gewinnen, nicht verkneifen, aber er läßt Larry ohne Probleme an Bord.
☞ **113 Punkte**

(Auch auf dem Schiff verhält sich das Programm äußerst zeitkritisch. Also sollten Sie auch hier möglichst früh und möglichst oft ihren Spielstand in verschiedenen Dateien speichern.)

An Bord bezieht Larry seine Kabine, die von den Matrosen scherzhaft "das letzte Loch" genannt wird. Wie üblich sieht er sich erst einmal um und pickt auf, was er gebrauchen kann.
☞ **116 Punkte**

Nachdem er seine Pflichtübungen absolviert hat, kommt die Kür: Larry betritt die Nachbarkabine und hofft, daß er seinen Eindruck bei Barbara Bimbo ein wenig verbessern kann. Tatsächlich erwartet ihn nebenan eine Dame namens Bimbo - allerdings handelt es sich nicht um die Tochter, sondern um die Mutter, der Barbara kurzerhand ihr Ticket überlassen hat und die nun einen Ersatz für den früh verschiedenen Gatten sucht.

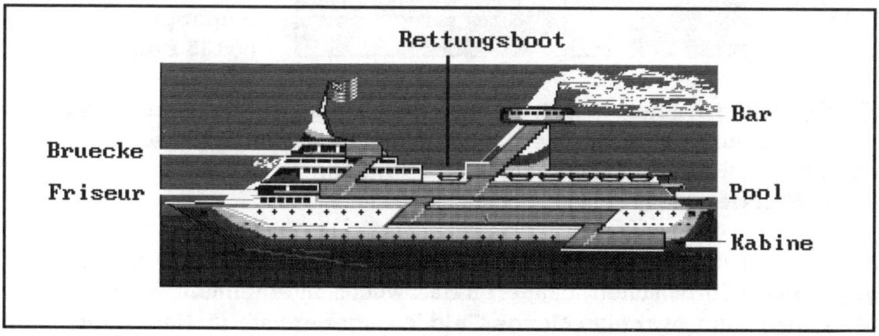

Larry nutzt die erste Atempause von Mama zur Flucht. Irgendetwas sagt ihm, daß er die Zuneigungsbeweise von Mama nur mit Mühe – wenn überhaupt – überleben wird. Aber erst mal zieht er seine Badehose an und will zum Swimmingpool. Trotz dieser löblichen Absicht hält ihn etwas zurück. Er betritt Mamas Kabine noch einmal und nimmt sich, was er kriegen kann.
☞ **122 Punkte**

Endlich sucht er seinen Weg durch das Schiff hin zum Schwimmbad. Dort ist noch eine Liege frei, und er nimmt erst mal ein Sonnenbad. Sonnenstrahlen wirken ja auf dem Wasser bekanntlich viel intensiver, was auch die Gefahr eines Sonnenbrandes erhöht. Aber dagegen kann man sich heutzutage ja schützen.
☞ **128 Punkte**

Natürlich wird er am Pool von einem Mädchen angesprochen. Kein Wunder, Badehose und Friseur waren ja teuer genug. Aber Larry will sein Trümpfe nicht zu früh ausspielen und kühlt sich erst einmal mit einem Bad ab.

Am Beckengrund sieht er verschwommen einen Gegenstand liegen.

Nach alter Gewohnheit nimmt er, was er kriegen kann, holt tief Luft, taucht und holt sich den Gegenstand, der sich als Bikini-Oberteil entpuppt.
☞ **135 Punkte**

Nach dem Bad erinnert er sich daran, daß sein Sonnenöl wasserlöslich ist und jetzt nicht mehr wirkt. Er erneuert seinen Hautschutz und geht sich umziehen, um den Rest des Schiffes zu erkunden.
☞ **138 Punkte**

Als erstes probiert er den Schiffsfriseur aus. Vielleicht kann der ja was gegen seinen inzwischen schütteren Haarwuchs unternehmen. Kann er. Larry wird dafür zwar eine Menge Geld los, aber er hat's ja. Nach alter

Gewohnheit geht Larry anschließend in die Bar – und nimmt...
☞ **143 Punkte**

Schließlich führt ihn sein Erkundungsgang auch auf die Kommandobrücke, wo er seinem Spieltrieb nicht widerstehen kann und einfach einen Knopf ausprobiert. Damit löst er den Sperrmechanismus der Rettungsboote aus. Gar nicht schlecht für ihn, denn inzwischen hat er ein deutliches Gefühl, daß das Leben an Bord sehr gefährlich werden kann.
☞ **149 Punkte**

(Sie werden inzwischen festgestellt haben, daß im Schiff etliche Todesfallen auf Larry lauern, und haben hoffentlich regelmäßig zwischengespeichert.)

Larry hat das dumpfe Gefühl, daß er das Schiff besser so schnell wie möglich verlassen sollte. Also begibt er sich zum Zwischendeck, wo die Rettungsboote gerade automatisch zu Wasser gelassen werden. (Schon Karl Valentin hat mal gefragt, warum man nicht direkt in den Rettungsbooten losfährt, wo sie doch viel sicherer sind als die Schiffe selbst.) Im letzten Moment springt Larry in ein Rettungsboot.
☞ **153 Punkte**

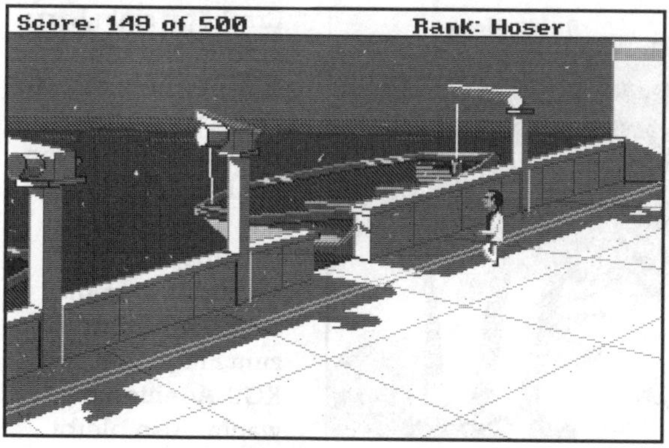

Nun hat Larry wenig Zeit, sich für eine lange und ungewisse Reise im Rettungsboot vorzubereiten. So viel ist zu tun und

so wenig Zeit bleibt dafür: Er muß sich rasch gegen Sonnenstich schützen und sich von allem trennen, was ihm unterwegs gefährlich werden könnte.
☞ **165 Punkte**

Nun hat er reichlich Zeit, über sich und sein Leben nachzudenken. Glücklicherweise ist er mit allem eingedeckt, was man unterwegs so braucht:

Er hat einen Sonnenschutz, er hat zu trinken, und er kann sich notdürftig Haken und Faden improvisieren, um zu angeln. Fisch ist gesund. Enthält bekanntlich viel Eiweiß.
☞ **190 Punkte**

Auch die schönste Seereise nimmt mal ein Ende. Nach zehn Tagen und Nächten im Rettungsboot treibt ihn ein Sturm an eine bis dato unbekannte Küste.
(Auch nach der Seereise hören die Gefahren für Larry nicht auf: Speichern Sie möglichst oft ab.)

Erschöpft sinkt Larry nieder. Nur um festzustellen, daß die Zivilisation auch diesen Strand schon mit Beschlag belegt hat. Er ist in einem Urlaubsparadies gelandet. Dummerweise wird der Weg zum Flughafen von KGB-Agenten bewacht. Also bleibt

Larry nichts übrig, als sich erst einmal im Dschungel zu verstecken. Umgeben von üppiger tropischer Vegetation erwacht in Larry der Sinn fürs Schöne, und er pflückt sich ein Blümchen. Nach einigem Umherirren entdeckt er ein Restaurant. Genau das, was man nach zehn Tagen im Rettungsboot braucht. Also bestellt er einen Tisch und wartet ab, bis der Maitre d'Hotel ihm einen Platz zuweist. So findet er dann umgeben von reichen und berühmten Menschen (das Ehebaar Rich, das Ehepaar Famous, das Ehepaar Gates...) einen bescheidenen Platz. Am Buffet bricht seine alte Leidenschaft durch: Er nimmt sich, was er kriegen kann.

☞ **198 Punkte**

Nachdem er das Restaurant verlassen hat, irrt Larry wieder durch den Dschungel. Diesmal findet er ein Hotel. Auch hier nimmt er, was er kriegen kann.

☞ **202 Punkte**

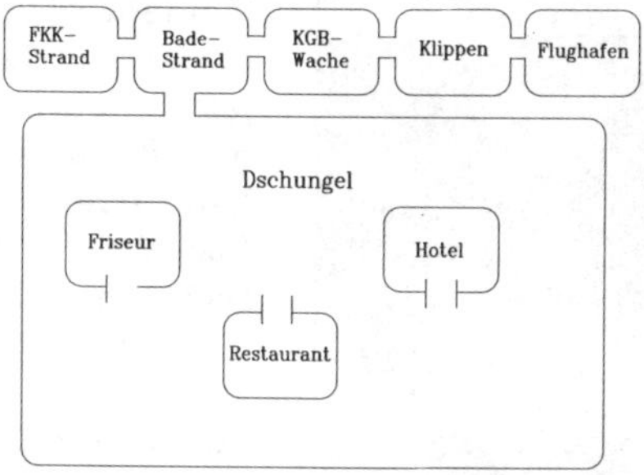

Die Ferieninsel

Und wieder geht's in den Dschungel. Diesmal verirrt er sich in einen Frisiersalon und läßt sich – auch das kennen wir schon – die Frisur richten.

☞ **205 Punkte**

Blondgelockt eilt Larry wieder durch den Dschungel und findet sich am Strand

wieder. Der Weg zum Flughafen ist immer noch blockiert. Die andere Seite des Strandes führt auch nicht weiter. Der FKK-Strand ist für ihn gesperrt. Aber trotzdem nimmt er, was er kriegen kann.
☞ **209 Punkte**

Es hilft nichts: Larry muß sich verkleiden. Aber wo soll er sich umziehen? Ihm fällt nur das Hotel ein. Dazu muß er wieder durch den Dschungel, am Restaurant vorbei, durch den Dschungel bis zum Hotel.

Hier zieht er sich um und weiter geht's: durch den Dschungel, zum Friseur. Der kann Larry noch einmal gute, aber schmerzhafte Dienste erweisen.
☞ **217 Punkte**

Am Strand erweist sich dann, daß Larry doch noch einige Attribute fehlen, um von den KGB-Agenten nicht erkannt zu werden. Also muß er sich noch ein paar Rundungen besorgen. Die Utensilien hat er zwar alle, aber es mangelt an einer Umkleidemöglichkeit. Sie kennen den Weg jetzt schon: Dschungel - Restaurant - Dschungel - Hotel - Dschungel - Friseur - Dschungel - Strand.
☞ **229 Punkte**

Endlich schafft Larry - nun wirklich bis zur Unkenntlichkeit verschönert - den

Weg vorbei an den KGB-Agenten. Die paar Nettigkeiten, die sie ihm nachrufen, stören ihn wirklich nicht. Immerhin hätte es schlimmer ausgehen können.
☞ **241 Punkte**

Natürlich muß Larry noch eine weitere Prüfung bestehen, ehe er sich in trügerischer Sicherheit wähnen kann: Vor ihm liegt eine Steilküste, die nur auf schmalem Pfad durchmessen werden kann. Nicht nur, daß Larry hilflos den üblen Scherzen seiner Programmierer ausgeliefert ist, er muß sich auch noch irgendwo - am besten außer Sicht - umziehen.
☞ **247 Punkte**

Nach dem atemberaubenden Weg über die Steilküste können auch die beiden Ninja-Kampfmaschinen des KGB Larry nicht mehr am Betreten des Flughafens hindern. Larry läßt Blumen sprechen und betritt die Abflughalle.
☞ **254 Punkte**

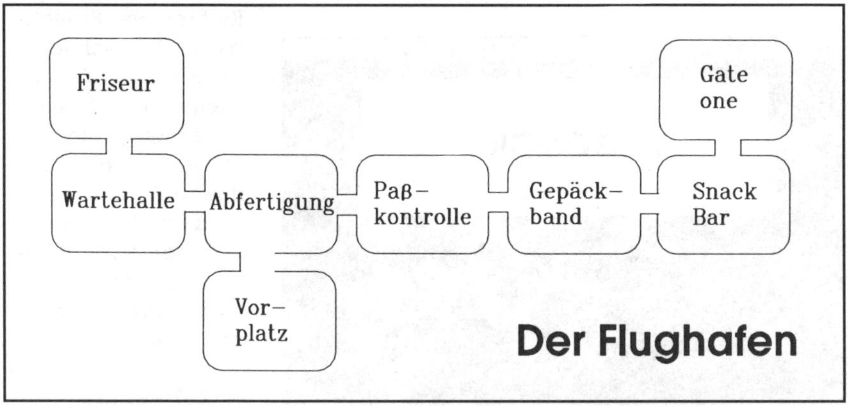

(Auch in dieser Phase kommt es bei Larry 2 auf jede Sekunde an. Also speichern, speichern und nochmals speichern.)

In der Abflughalle ist auch ein Frisiersalon. Wundert es Sie, wenn Larry ihn aufsucht, dieser eitle Fatzke? Nun ja, so erfolgreich, wie es beim letzten Mal war, so enttäuschend ist der Friseurbesuch diesmal. Immerhin: Larry ähnelt wieder seinem Paßfoto. Was er eigentlich ganz und gar nicht gern hat. Dafür gibt's aber ein kleines Geschenk obendrauf.
☞ **257 Punkte**

Obwohl Paßfoto und Kopf einander deutlich ähneln, ist die Schlange vor dem Flugschalter kaum kleiner geworden. Es hat einfach keinen Zweck sich anzustellen. Also versucht Larry es mit der alten Devise "Frechheit siegt" und geht an der Schlang vorbei hin zum Zoll. Der Zollbeamte ist auch kooperativ und läßt Larry nach kurzer Untersuchung durch. In der Abfertigungshalle überfällt Larry ein bekanntes Gefühl: Vielleicht ist in einem der Koffer etwas Brauchbares. Also schnappt er sich einen Koffer nach dem anderen, bis er schließlich etwas entdeckt, das ihm weiterhilft. Er wird ein Held, vom Präsidenten empfangen, mit höchsten Orden ausgezeichnet und so weiter. Oder auch nicht.

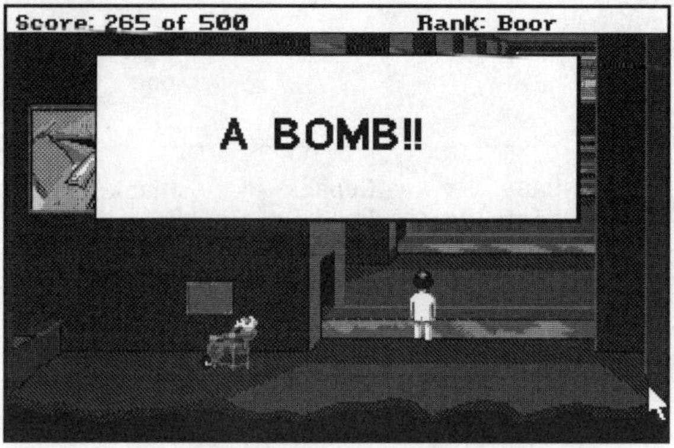

☞ **282 Punkte**

Immerhin kann er jetzt endlich sein Ticket kaufen. Obwohl die Zeit knapp ist, nimmt sich Larry die Zeit, noch eine Flugversicherung am Automaten abzuschließen und einen kleinen Imbiß zu erwerben. Nachdem er den Imbiß – der entweder vom KGB oder von Larrys Mutter hergestellt wurde – entschärft hat, bleibt ihm keine Zeit mehr, ihn auch zu vertilgen. Er muß an Bord.

☞ **297 Punkte**

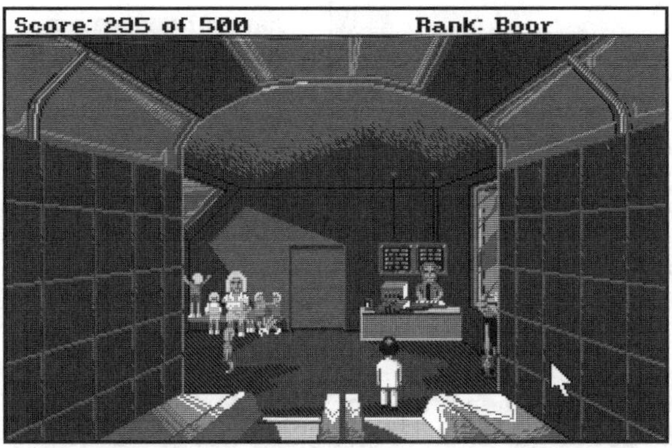

Am Abfertigungsschalter nimmt Larry aus alter Gewohnheit ein Flugblatt, das dort herumliegt, und hat gerade noch Zeit, dem Angestellten der Fluglinie seinen Flugschein zu zeigen, ehe er ins Flugzeug steigen muß.

☞ **311 Punkte**

Im Flugzeug wird Larry dann mit allen Annehmlichkeiten des modernen Fernreiseverkehrs konfrontiert: Freundliche Stewardessen, großzügig bemessenes Platzangebot, Gelegenheit zu entspannten Reisen - kurzum, alles ist so, wie es sein soll. Nur nicht für Larry.

Während die Stewardeß die Passagiere mit den Sicherheitsvorkehrungen vertraut macht, nimmt Larry, was er kriegen kann. Dann erinnert er sich, daß der Schriftzug der Fluglinie verdammt nach "Aeroflot" aussah. Also nichts wie raus hier. Dazu muß er aber erst mal seinen Sitznachbarn beschäftigen.

☞ **324 Punkte**

Aber wie verläßt man ein Flugzeug, das sich bereits in der Luft befindet? Man knackt das Sicherheitsschloß zum Notausstieg und verläßt sich auf die Flugversicherung.

☞ **342 Punkte**

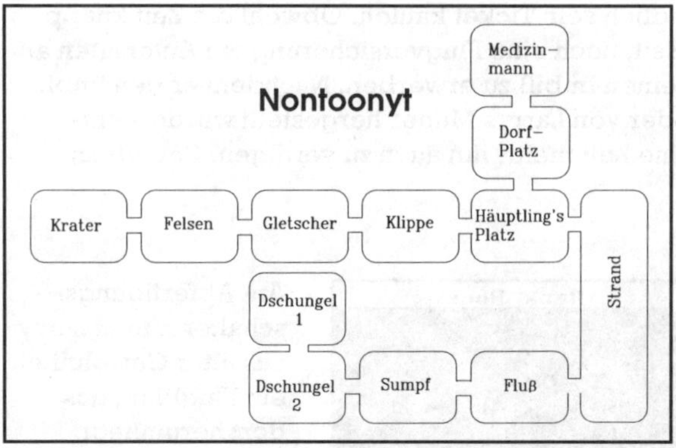

So kommt es, daß Larry sich wieder auf einem tropisch-paradiesischen Eiland wiederfindet. Nachdem er sich seine Bewegungsfreiheit wieder verschafft hat, geht es erneut daran, einen Urwald zu erkunden.

Allerdings hat die Onklunk das abrupte Ende der Flugreise nicht überstanden. Larry läßt sie im Dschungel zurück und mit ihr das Geheimnis, das verschiedene Geheimdienste so eifrig jagen.
☞ **350 Punkte**

Statt der Onklunk nimmt sich Larry einen kräftigen Stock, den er am Boden findet. Man weiß nie, wofür sowas gut ist. Aber erst muß Larry einen Weg finden, wie sich die Killer-Bienen umgehen lassen. Unbeeindruckt von den prähistorischen Skulpturen sucht Larry seinen Weg durch den Dschungel.
☞ **360 Punkte**

Schon bald findet sich eine Verwendung für den Stock. Mit ihm kann man hervorragend wilde Tiere in die Flucht schlagen. Aber wie läßt sich der Sumpf durchqueren, in den Larry nun hineingerät? Mit ein wenig Überlegung (und rechtzeitigem Speichern des Spielstandes) klappt auch das.
☞ **375 Punkte**

Nun ist nur noch ein Urwaldfluß zwischen Larry und dem Strand des tropischen Paradieses. Leider Gottes ist dieser Fluß voller Piranhas.

Glücklicherweise erinnert sich Larry an die Erzählungen über einen englischen Adligen, der leicht bekleidet seinen seltsamen Hobbies nachging. Damit hat er auch das Problem gelöst, wie der Urwaldfluß zu bezwingen ist. Schließlich nimmt Larry, ehe er den Urwald verläßt, was er kriegen kann.

☞ **385 Punkte**

Schließlich erreicht Larry den Strand. Hier findet er, was er kaum noch zu suchen wagte: eine wunderschöne Frau, in die er sich sofort verliebt. Sie erwidert seine Liebe nicht weniger heftig. Hier könnte unsere Geschichte eigentlich schon zu Ende sein, doch schöne Frauen wollen erobert sein.

Eine Verabredung mag Kalalau nicht eingehen, die Tradition ihres Stammes verbietet voreheliche Freuden aller Art. Nun wäre es für Larry kein Problem, Kalalau zu heiraten. Da hat er schon ganz andere Probleme gemeistert, und außerdem hat er sich für den Nachmittag noch nichts vorgenommen.

Aber auch hier erweisen sich Kalalaus Stammessitten als hinderlich: Solange nicht die

Insel Nontoonyt von ihrem augenblicklichen Unheil erlöst ist, wird keine Ehe geschlossen und erst recht nicht vollzogen. So hat es der Ältestenrat beschlossen.

Ein Eindringling hat sich der heiligen Grabstätten des Inselvolkes bemächtigt und sie – die Spitze eines Vulkans – in eine uneinnehmbare Festung verwandelt. Wie es sich für einen richtigen Unhold gehört, hat er die schönsten Frauen des Stammes hypnotisiert und in seine Festung entführt.

Das Schlimmste von allem: Der schreckliche Dr. Nonookee hat durch sein Eingreifen auf Nontoonyt ein Riesengeschäft der Inselbewohner mit führenden Tourismus-Unternehmen zum Scheitern gebracht. Nun wartet die Inselbevölkerung auf den strahlenden Helden, der sie von diesem Alptraum erlöst.

Natürlich hat Larry nichts Besseres zu tun, als sich um diesen Job zu bewerben. Er ist so verliebt, daß er für Kalalau nicht nur die Gipfel des Himalaya bezwingen, sondern sich sogar in ein DTP-Programm einarbeiten würde. Kalalau hat es jetzt schrecklich eilig, Larry ihrem Vater, dem Häuptling Keneewauwau, und den anderen Stammesangehörigen vorzustellen.

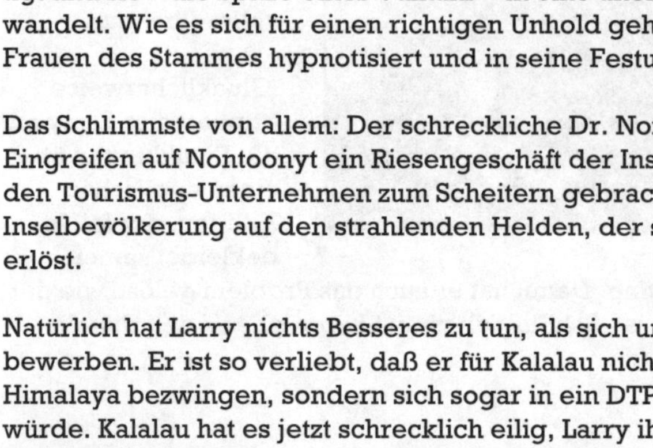

Ehe er losgeschickt wird, die Insel vom Tyrannen zu befreien, muß Larry noch unter Beweis stellen, daß er ein rechter Kerl und dessen würdig ist. Die Prüfung ist grausam. Am geheiligten und mächtigen Stammestotem Peesea (sprich Pießie) muß Larry zeigen, daß er dieses Gerät beherrschen kann, und ein kurzes Programm entwickeln. Länge und Leistung des Programmes sind beliebig, nur in Assembler sollte es geschrieben sein.

Immerhin: Kalalau ist eine Häuptlingstochter. Larry entwirft nach kurzem Überlegen das Programm EUNUCHS, ein Multi-User, Multi-Tasking-Betriebssystem, das auf Intel 8088-CPU-Maschinen läuft. Wir wollen nicht darüber spekulieren, warum Larry vergißt, Häuptling Keneewauwau mitzuteilen, daß es dieses Programm bereits gibt (unter dem Namen EUMEL wurde es von der Universität Bielefeld entwickelt und von der GMD, St. Augustin bei Bonn, vertrieben); schließlich geht es um Kalalaus Zukunft.

Der Häuptling zeigt Larry den Weg zu den heiligen Grabstätten, den einzigen Weg, auf dem Dr. Nonookee geschlagen werden kann. Nachdem Larry auf den Weg gebracht wurde, ziehen sich alle Dörfler zurück und harren ihrer Rettung. Ehe Larry loszieht, zeigt sich, daß Verliebtheit die seltsamsten Konsequenzen haben kann: Larry denkt nach. Schließlich fällt ihm ein, daß Kalalau von einem Gletscher gesprochen hat, mit dem Dr. Nonookee seine Festung unzugänglich macht. Larry geht noch einmal zurück und sorgt entsprechend vor.
☞ **426 Punkte**

Nach einigen abenteuerlichen Klettereien und Problemen, mit denen wir Sie hier nicht weiter langweilen wollen, erreicht Larry tatsächlich den Gipfel des Vulkans. Und ist enttäuscht. Wo er die perversen Lustgärten des Dr. Nonookee erwartet hatte, voll schöner willenloser Sklavinnen, entdeckt er lediglich einen Aufzug im erloschenen Vulkankrater. Zu allem Überfluß läßt sich dieser Aufzug nicht von oben bedienen.
☞ **447 Punkte**

In seiner Enttäuschung sinnt Larry auf Rache: Aus den letzten ihm verbliebenen Utensilien baut er eine explosive Mischung und wirft diese in den Krater hinab. In der Hoffnung, es werde sich daraufhin schon etwas ereignen.
☞ **467 Punkte**

Tatsächlich ereignet sich etwas. Der Aufzug läßt unseren Helden ein, er nimmt Dr. Nonookees Festung im Sturm, befreit die hypnotisierten Sklavinnen, ruft über Funktelefon Hilfe herbei und eilt per Helikopter einem Happy-End und einem allerletzten Friseur-Besuch entgegen.
☞ **497 Punkte**

So, das wär's mal wieder. 497 Punkte von 500 möglichen, das ist doch schon mal was.

Reicht Ihnen das nicht? Naja, wie Sie meinen. Sie können es ja gern noch mal probieren. Allein. Viel Spaß!

4. Leisure Suit Larry 3: Passionate Patti in Pursuit of the Pulsating Pectorals!

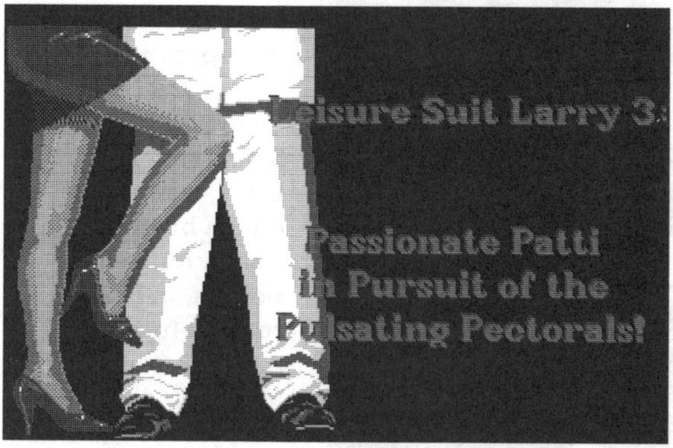

Der Beginn des dritten Abenteuers

Glücklich hat Larry das Abenteuer mit Dr. Nonookee überstanden. Mit seiner neuen Gefährtin Kalalau verbringt er zahlreiche Stunden, vergnügt, verliebt, an nichts Böses denkend. Die Eingeborenen der Insel lassen sich nicht wie historische Vorbilder ausbeuten, sondern steuern die Entwicklung ihrer Insel selbst.

Mit der Gründung eine Monopolgesellschaft im Besitz der Ureinwohner wird dies wirtschaftlich abgesichert. Nach der ersten Hitze der Verliebtheit hat sich

bei ihm ein gewisser Schlendrian eingestellt. Seiner Hochzeit mit Kalalau verdankt er die Position eines stellvertretenden Direktors der Natives Incorporation.

Im ersten Bild des Spiels sehen wir Larry, wie er mit einem bunten Hemd bekleidet, leicht beleibt, in Erinnerung an frühere Swinger-Zeiten ein Mädchen durch ein Fernglas beobachtet. Dies gibt bereits einen Vorgeschmack auf die folgenden Bilder....
☞ **2 Punkte**

Eine Gedenkplakette betrachtet er versunken, zufrieden mit sich und seiner Rolle auf der Insel. Wie es scheint, keinerlei Anlaß für den Spieler vor dem PC, ein neues Abenteuer mit Leisure Suit Larry zu erleben. Nach den ersten Schritten im ersten Bild lenkt der Spieler "seinen" Larry durch den unberührten Urwald und wird unmißverständlich über den weiteren Weg aufgeklärt: Kalalau, seine geliebte Gefährtin und Gattin, erwartet ihn sicher bereits.
☞ **4 Punkte**

Der im jungfräulichen Zustand belassene Urwald von Noontonight Island verheißt noch einige Abenteuer in der Zukunft. Larry begibt sich nun zu seinem Haus, das er gemeinsam mit Kalalau bewohnt. Schon von der

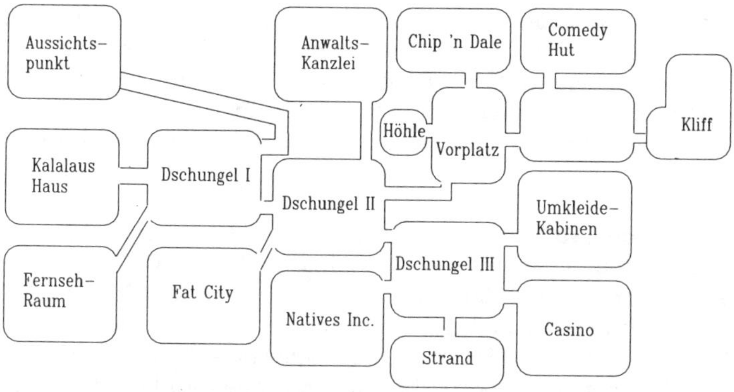

Das "neue" Nontoonyt

Auffahrt her sieht er sie in ihrem Heißwasserbad sitzen und ruft ihr ein fröhliches Willkommen zu. Doch, oh Schreck, Kalalau ist überhaupt nicht gut auf Larry zu sprechen. Der Spieler wird über die wahren Ursachen der Trennung, die Kalalau jetzt ausspricht, im unklaren gelassen. Auch warum Larrys Gefährtin nun neue Wege in der Liebe einschlägt, wird nicht deutlich. Larry jedenfalls ist nun völlig niedergeschlagen. Was soll er, der nun endlich die erhoffte Beziehung gefunden hatte, jetzt anfangen. Er geht zunächst planlos geradeaus durch den Urwald und checkt seine Alternativen:

– "Ich könnte einfach so in den Tag hinein leben, den ganzen Tag herumhängen, im Zimmer sitzen, eine Menge Videos leihen, solche Dinge eben...

– oder ich könnte die Frauen für immer aufgeben (wär das ein Wunder nach seinen Erfahrungen?), im Zölibat leben, Minister werden oder ähnliches."

Doch dann gibt er sich einen Ruck: "Das ist doch nichts für mich, für Larry, für Larry Laffer. Denk doch Larry, diese Insel ist der perfekte Ort für einen welterfahrenen, alleinstehenden Lebemann, so wie Du einer bist." (Es folgt einer der vielen unvermittelten Hinweise für die Lösung des Spiels! Auch die unverständlichsten Hinweise oder aus dem Zusammenhang gerissene Worte oder Sätze können entscheidende Tips geben. Merken oder aufschreiben!)

"Wahrscheinlich", so Larrys Selbstanalyse, "machte meine Liebe zu Kalalau mich blind, so daß ich meine Möglichkeiten an diesem Ort übersah. Wo könnte ich mehr Mädchen finden als in einem tropischen Ferienort? Und denk dran, jedes von ihnen kam, um vor allem eins zu finden: eine gute Zeit!" Laut ruft Larry es in den wie immer schweigenden Urwald: "Das ist es! Ich hab' genug von Monogamie, Heirat, lang andauernden Beziehungen, Verpflichtungen. So soll es sein: Mein neues Lebensziel wird es sein, möglichst vielen Mädchen zu erlauben, mich so zu erfreuen, wie sie es nur können!"

Die folgende Szene ist nur für eingefleischte Kenner amerikanischer pubertärer Großmannssucht zu erkennen. Vergleichen Sie bitte im Superman Großband 395, Seite 123, die Umkleidetechnik dieses Helden. Eine gewisse Ähnlichkeit mit der Umwandlung von Larry Laffer (verheiratet) in Leisure Suit Larry (single swinger) mit der Umwandlung von Larry Kent in diesen Traum aller Jungs ist nicht zu verkennen. Oder?
Nun ist es also soweit, Larry ist wiedergeboren, Larry der Träger dieses excellenten, weißen Polyester-Anzuges. Keiner traut sich, ihm im Dunkeln zu begegnen, so leuchtet die Farbe der Unschuld (?) seinem Weg voran...

Nachdem der Entschluß für sein neues Leben gefallen ist, muß Larry natürlich auch an die materiellen Grundlagen eines Playboy-Lebens denken.

Bisher völlig versorgt von Kalalau, muß er nun an die notwendigen Details des Lebens denken. Während er weiter geradeaus durch den Urwald geht, denkt er an seine Arbeit als Vizepräsident der Inselgesellschaft "Natives Inc." Der Direktor, Kalalaus Vater, wird wohl nicht so weit gehen, die Scheidung zwischen den beiden als Anlaß nehmen, um Larry Schwierigkeiten zu machen. Insbesondere deswegen nicht, weil Larry doch erst neulich dieses erfolgreiche Geschäft hat abschließen können. Unmißverständlich wird dem Spieler vor dem PC der Weg gewiesen, den Larry gehen muß!

Bunte Neonreklame und Plastikpalmen säumen den Eingang von Natives Incorporation. Im Vorraum liegen ein Tigerfell, eine Reihe Flaschen steht im Weg, und der Pförtner weist Larry darauf hin, daß der Präsident (Kalalaus Vater!) ihn dringend in seinem Büro erwartet. Kaum in dem Büro seines ehemaligen Schwiegervaters angelangt, wird er mit ironischen Worten empfangen:

"Guten Morgen, Herr Laffer! Nett, daß Sie es einrichten konnten, einmal bei mir vorbeizukommen. Nehmen Sie doch bitte Platz!" Das Sofa wird Larry allerdings verweigert, so daß er mit dem Zebrafell vorlieb nimmt, das in der Mtte des Raumes liegt.

Die nun folgende Szene wollen wir mit einem Mäntelchen der Barmherzigkeit übergehen. Jedenfalls wird Larry Laffer übel mitgespielt. Ob die mangelnde Lässigkeit von Chairman Ken damit zusammenhängt, daß mit dem Mac-Computer auf seinem Schreibtisch noch kein Sierra-Spiel installiert ist? Jedenfalls ist Larry nun nicht nur seinen Job los, sondern auch alle Ansprüche auf Pension, Rente, Krankengeld und was der beruhigenden zivilisatorischen Erfindungen mehr sind. Dieses Erlebnis bietet allen Anlaß, nie wieder in diese Hallen zu gehen...

Nach diesen Erfahrungen beginnt das eigentliche Abenteuer: Leisure Suit Larry, ohne Geld, ohne Freunde, ohne Beziehungen begibt sich auf die Suche nach den Frauen, die ihn erfreuen sollen.

Die erste Begegnung

Die völlige Mittellosigkeit von Larry zwingt ihn zu verzweifelten Manövern. Das einzige, was er bei sich trägt, ist ein Exemplar der "Nontoonyt Tonite", der großen Veranstaltungs- und Kulturzeitschrift. Aussichtsreich kann seine Suche nur sein, wenn er die Gegend erkundet und gleichzeitig nach nützlichen Gegenständen Ausschau hält. Nützliche Gegenstände ist natürlich eine etwas vage Beschreibung. Larry behilft sich, indem er ausführlich sein "Nontoonyt Tonite"-Exemplar liest. Er findet dort zahlreiche Hinweise auf örtliche Gebräuche, Verhaltensweisen der Ureinwohner, spezielle folkloristische Traditionen sowie die neuesten Treffpunkte, Attraktionen und Shows für den touristischen Aspekt. Der Spieler kann sich in der Zwischenzeit mit seinem Exemplar beschäftigen, das er in der Spielschachtel findet. Es ist aus vielen Gründen ein unentbehrliches Utensil für Larrys weiteren Weg.

Was nun anliegt, ist das Ausforschen der verschiedenen Örtlichkeiten. Um dem Spieler das mühselige Zeichnen von Karten zu ersparen (das bringt ja wirklich nicht DIE Spielfreude), haben wir eine Karte beigefügt. Folgendes sollten Sie beachten: Lassen Sie Larry den Granadilla-Baum suchen. Das Holz dieses Baumes wird gerne zum Schnitzen von Figuren verwendet. Der Baum liefert ein sehr widerstandsfähiges Holz. Plastiken aus Granadilla sind nicht einfach herzustellen und daher einerseits selten und andererseits begehrt.

☞ **6 Punkte**

Des weiteren sollten Sie Larry noch einmal zu seiner früheren Wohnung zurückkehren lassen. Er findet dort ein wichtiges Utensil, das zu der frühen Morgenstunde, als Kalalau ihm den Laufpaß gab, noch nicht dasein konnte!
☞ **26 Punkte**

Hat Larry die Szene mit dem früher gemeinsamen Haus verlassen, befindet er sich wieder im Urwald. Der weitere Gang in den Urwald bringt Larry zurück in das Bild, in dem er sich für sein weiteres Swinger-Leben entschieden hat. Von dort führen insgesamt fünf Übergänge in weitere Örtlichkeiten des Spiels. Davon ist jede zu einem bestimmten Zeitpunkt des Spieles wichtig. Mit den bisher gesammelten Utensilien ist Larry aber bereits für das erste Abenteuer gerüstet.

Tawnie's Souvenir

Wo anders kann man Abenteuer mit rassigen Frauen erleben als am tropischen Strand. Von dem Platz vor dem Hotel (auch dort gibt es fünf Übergänge zu anderen Orten!) geht Larry daher an den traumhaften Sandstrand von Nontoonyt Island. Als er anlangt, sieht er denn auch sofort eine schönes Mädchen barbusig auf ihrem Handtuch liegen, offenbar die Sonne genießend. Bevor er sich bemerkbar machen kann, erscheint ein Souvenirverkäufer auf der Szene, der seine Waren laut und nachhaltig anpreist.

Die blonde Schöne, auf den Namen Tawnie hörend, wird wach und freut sich über die Möglichkeit, ohne Anstrengung ein Souvenir kaufen zu können. Auch wenn Sie sich wundern, beachten Sie genau die bedenkenlose Kauflust von Tawnie, die sich auch von den etwas gewundenen Erklärungen zu den Plastiksouvenirs nicht abhalten läßt. (Wer an Wunder glauben will, findet sie an jeder Ecke!) Larry wird noch einige Mühe mit diesen Angewohnheiten von Tawnie haben.

Kaum hat der Souvenirhandel stattgefunden, findet sich Larry bei der Schönen ein. Wie nicht anders gewohnt, wirft er seinen unwiderstehlichen Blick auf die Schöne und stellt sich vor: "My name is Larry; Larry Laffer." Während Sie höflicherweise aufsteht, um mit Larry zu plaudern, erscheint bereits ein weiterer Souvenirverkäufer, um die Touristenschönheit auszunehmen. Aber Larry kümmert sich nicht darum und spricht die Schöne an. Dabei blickt er Tawnie geradewegs in die blauen Augen. Es entspinnt sich eine belanglose Konversation, bei der Larry seinem Ziel eines erotischen Abenteures mit dieser atemberaubenden Frau noch nicht näher kommt. Die entscheidende Frage, was sie denn haben müsse, um einen "älteren Mann" wie Larry zu treffen, antwortet Tawnie geheimnisvoll: "Larry, ich denke, ich bin ein sehr materiell eingestelltes Mädchen."

Larry ist – das muß der Beobachter ihm lassen – ein genauer Beobachter und keineswegs immer auf seinen eigenen materiellen Vorteil bedacht. Daher ermöglicht er Tawnie einen "goldenen" Kaufrausch.
☞ **48 Punkte**

Sie bedankt sich dafür bei Larry mit erotischem Ausritt erster Güte. Doch bevor Larry nach dieser überraschenden und heftigen Zärtlichkeit so richtig in Stimmung ist, erscheint erneut ein Souvenirverkäufer, der sofort Tawnies Aufmerksamkeit auf sich zieht. Der Verkäufer von Messern unterbricht so das Liebesspiel. Unser Held liegt wie besiegt am Boden, kaum begonnen, so zerronnen? Während er so vor sich hin träumt, ersteht Tawnie mit einem Gelegenheitskauf das so hervorragend beschriebene Messer.

Aber Tawnie hat Larry natürlich nicht vergessen. Kaum ist das Messer erstanden und der Souvenirverkäufer auf dem Nachhauseweg, wendet Tawnie sich unserem "single swinger" wieder zu. Natürlich ist dieser ein

bißchen verletzt von ihrem rüden Verhalten, aber natürlich weiter liebesfähig und - lustig. Furios geht die Liebe weiter, bis....

Ein Blick auf den Strand hatte Bewegung im Sand gezeigt, erinnern Sie sich nicht? Oder haben Sie Larry etwa nicht aufmerksam umherschauen lassen? Jetzt ist es zu spät: Das Strandleben hat sich bei ihm eingenistet! Mit einem röhrenden Schrei teilt Larry der Umwelt mit, daß ihn ein Ungemach befallen hat. Tawnie hat für Larrys Tanzeinlagen nicht das geringste Verständnis, sie teilt Larry mit, daß sie es hätte besser wissen müssen. "Ich lehne es ab", läßt sie Larry wissen, "mit einem so verantwortungslosen Mann zusammenzusein. Hau ab, du schlaffer Macho!" (in Anspielung auf einen bekannteren Schreihals...) Im weiteren läßt sie sich von dem Erotomanen nicht mehr ansprechen, da er nichts mehr hat, was Tawnie interessieren könnte.
☞ **116 Punkte**

Nun ist Larry da, wo er bereits einmal war in diesem Spiel. Er hat ein vielversprechendes Abenteuer begonnen, alles dahin gegeben und – ohne seine Schuld – nichts dafür bekommen. Ratlos steht er neben dem Handtuch von Tawnie und denkt über seine Situation nach. Ein Druck auf die Tab-Taste läßt den Spieler im Hintergrund erkennen, daß Larry sich bereits das Messer angeeignet hat, das Tawnie während des versuchten Liebesaktes gekauft hat. Tawnie kommt es nicht auf den Besitz, sondern auf das Kaufen an. Hier gibt es für Larry nichts weiter mehr zu lieben (aber vielleicht einmal zu holen?), und so verläßt er den Ort seiner Interrupt-Erfahrung.

Cherri: Die große Show

In seiner weiteren Suche nach erregenden Abenteuern streift Larry ziellos durch den Urwald und die verschiedenen Lokalitäten. Als er im "Fernseh-Zimmer" anlangt, einer Terrasse im Urwald mit einem Fernseher und einer

Bank, bemerkt er die Programmzeitung auf dem Tisch. Er setzt sich auf die Bank und liest in dieser Zeitung. Darin findet er die Ankündigung einer großen Mädchen-Revue im Showroom des Hotels. Selbst wiederholtes Blättern führt zu keinem anderen erfolgversprechenden Ziel. Auch das Fernsehgerät funktioniert zwar, bringt aber nicht die Bilder, die Larry jetzt zu sehen wünscht (oder sind Sie es, die Larry weiter durch den Urwald hetzen, in der unstillbaren Suche nach "lust"vollen Abenteuern?).

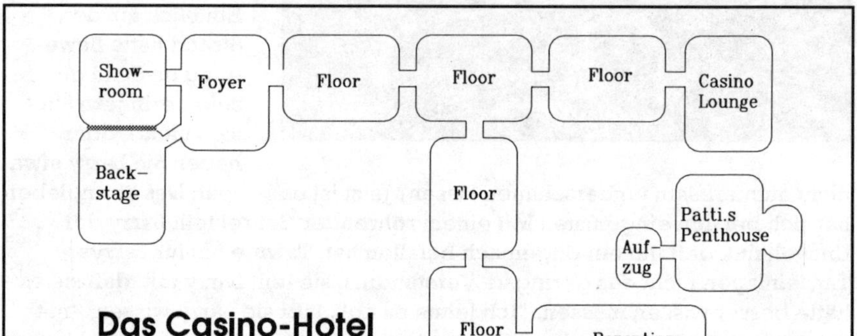

Larry entscheidet sich jedenfalls, es einmal mit dieser Revue zu versuchen. Schöne Mädchen zu sehen, ist zwar nicht so schön, wie mit ihnen zu poussieren, aber immerhin besser als nichts! Der Weg zum Showroom des Hotels ist nicht besonders schwierig, und Larry legt voller Vorfreude einen schnellen Schritt ein. Im Hotel gibt es verschiedene Wege, aber nur einen Showroom.

Bei seinem Versuch in den Showroom zu gelangen, endet Larry zunächst bei dem Türsteher (das ist bei solcherart Veranstaltungen ja üblich!). Der etwas grimmig dreinblickende Mann läßt nicht mit sich reden. Alle Versuche der Ansprache enden mit einem frustrierenden "There is no response". Allmählich dämmert dem cleveren Playboy, daß es bei diesem Vorsteher nicht mit einem Lächeln oder tiefen Blick in die Augen getan ist. Da muß er wohl eine Eintrittskarte haben.

Da fällt der Groschen: Larry hat noch ein Exemplar der "Nontoonyt Tonite"-Zeitschrift in der Tasche. In diesem touristischen Reklameblättchen haben verschiedene Veranstalter, Firmen und Hotels announciert und Werbetickets abgedruckt. So zeigt er dem Clerk an der Barriere sein Exemplar mit den darin enthaltenen Eintrittskarten. Der Maître (o ja, der Programmierer Al Lowe kennt sogar einige französische Sprachhappen) fragt nun nach der für heute gültigen Anzeige auf einer bestimmten Seite dieses Machwerks. Diese Seite wechselt nach Zufallsprinzipien, so daß Sie schon für Larry einmal nachschauen müssen. Schlagen Sie die geforderte Seite auf, und lesen Sie die Nummer auf dem abgedruckten Show-Paß.

Diese Nummer lassen Sie Larry nun dem Türsteher sagen (also geben Sie sie ein!). Ist es die falsche, müssen Sie beim letzten gespeicherten Spielstand erneut beginnen. Ist es die richtige, läßt der Maitre Larry dies sofort wissen, ihn aber nicht ein! Ein kleines Fingerkratzen des Maitre deutet auf etwas Fehlendes: Vielleicht möchte er eine Karatefingerübung machen, oder er hatte einen Handbruch, oder er hat überhaupt ein nervöses Zucken? Weiß der Teufel, was ein Türsteher noch so braucht, um jemanden mit gültigem Ticket einzulassen.

Für einen Mann mit Leisure Suit Larrys Erfahrungen ist dies natürlich keine Frage. Noch jeder Bar- oder Showaufreißer hat die Tür geöffnet, wenn er ein kleines Bakschisch zusätzlich zum Ticket in die Hand bekam. Aber, woher nehmen, wenn auch stehlen? Hier hilft nur die Erinnerung: Da war doch mal die Rede von 20 Dollar Bargeld, das jemand hatte. Nun, soviel Personen sind noch nicht in diesem Spiel aufgetaucht.

Nachdem Sie vielleicht probiert haben, Larry an den verschiedenen Örtlichkeiten des Spiels Geld auftreiben zu lassen, lassen Sie ihn zu der Person zurückkehren, die Larry von allem schnöden Mammon befreit hatte. Aber alle Versuche, mit gutem Zureden von ihr die verbliebenen 20 Dollar zu erhalten schlagen fehl. Immer wieder verlangt es sie nur nach Souvenirs, Souvenirs. Hier hilft nur ein ausgiebiges Studium der "Nontoonyt Tonite"

Illustrierten. Dort stehen einige interessante Dinge über die folkloristischen Künster auf der Insel. Unter anderem ist dort die Rede von den Holzschnitzereien der Eingeborenen. Leider fehlt in Ihrem Exemplar die Fortsetzung des Artikels, die Unterbrechung ist gerade an der interessantesten Stelle. Nun, Sie können auch einfach mit etwas Phantasie weiterdenken: Betrachten Sie das Holzstück, das Larry bereits aufgesammelt hat, und versetzen Sie sich an einen Stammtisch in fortgeschrittenem Trunkheitszustand. Was könnte man aus so einem Holzstück schnitzen, woran Frauen Gefallen finden könnten. Sollten Sie immer noch keine Antwort finden, gehören Sie wahrscheinlich zu den Leuten, die Witze in der Regel mehrfach erklärt bekommen müssen, vor allem dann, wenn es sich um etwas anzügliche handelt.

Als Larry-Spieler sind Sie aber in die gängige Witzkultur unter Männern eingeweit, und wissen daher, welche Art von Souvenir Sie herstellen sollen. Larry versucht, das hervorragende Ginsu Knife zu verwenden. Leider funktioniert dies nicht, denn es ist fast für alles unbrauchbar. Um es verwendungsfähig zu machen, gehört einige Anstrengung dazu. Larry kann natürlich sein einfaches Stück Holz nicht im Angesicht von Tawnie bearbeiten, auch das Messer läßt sich dort nicht gebrauchsfähig machen. Veranlassen Sie Larry daher, den Strand wieder zu verlassen. Im Urwald zwischen Hotel und Strand versucht Larry sich erneut an dem Holz. Doch das Messer funktioniert immer noch nicht. Als er so in die Runde guckt, kommt ihm aber immerhin eine Idee, wie er das mit dem Messer wieder hinbekommen kann. Geguckt, gedacht, getan, schon ist das Messer ein scharfes Werkzeug, gut für verschiedene notwendige Verrichtungen.
☞ **166 Punkte**

Nun aber los, denkt Larry und macht sich an die Bearbeitung dieses Granadilla-Stückes. Ihre Überlegungen, was für ein Stück Skulptur er schnitzen soll, begleiten ihn. Je nach Ihrem Spiellevel können Sie nach erfolgter Bearbeitung eine mehr oder weniger erotische Skulptur betrachten. Diese Skultptur gilt es nun an die Frau zu bringen. Versuchen Sie, Larry als Verkäufer auszustaffieren. Dies ist nämlich nötig, denn wer kauft schon ein echtes Eingeborenen-Machwerk von einem Träger eines (mehr oder weniger) weißen Polyester-Anzuges? Oder vielleicht gerade?

☞ **216 Punkte**

Die Lektüre des Urlauberblattes bringt Larry ein weiteres Mal eine gute Idee. Folkloristische Berichte sind tatsächlich (neben den "erwachsenen" Themen) ein Schwerpunkt der Berichterstattung. Natürlich, wer schon ein bißchen Hawai-Kitsch oder so etwas gesehen hat (James Lasts Südsee-Traum-LP-Cover reicht da schon), der weiß, was zu geschehen hat. Und Larry hat ja schließlich so seine Erfahrungen mit den Eingeborenen (und den verkaufsfördernden Praktiken der Natives Incorporation). Für die Anfertigung seiner Verkleidung ist also nur noch das richtige Gras notwendig. Wo war das doch noch mal zu finden? Okay, lassen wir Larry doch noch einmal in Ruhe die Karte angucken und das richtige Insel-Gras suchen.

Im Unterschied zu eventuellen früheren Versuchen können Sie nun Larry mit dem geeigneten Werkzeug die Ernte des Grases bewerkstelligen lassen. Die erfreuliche Mitteilung, nun Eigentümer von einigen langen Blättern Gras zu sein, gibt weder Larry noch Ihnen die notwendige Gewissenruhe für ein Nickerchen. So lassen Sie Larry weiter an seiner Verkleidung arbeiten. Er richtet sich dabei nach der Arbeitskleidung der Souvenirverkäufer, die er schließlich entworfen hat. Abschließend hat Larry das Gefühl, langsam der Sache näher zu kommen (eigentlich wollte er ja die Show besuchen...).

☞ **266 Punkte**

Was noch fehlt, ist der Kleiderwechsel. Aber da Larry ja nicht will, daß Tawnie auf seine Verkleidung aufmerksam wird, verdrückt er sich zu der gewissen Örtlichkeit. Dort verschwindet er außer Sicht und zieht sich um. Seinen weißen Anzug versteckt er zunächst für späteren Gebrauch....
☞ **276 Punkte**

Also auf zu Tawnie! Dort geht alles wie von selbst. Er erhält, was er benötigt, von der immer kaufbereiten Schönen. Nun geht es zurück, umziehen, denn die Show wartet nicht auf Larry. Beim Türsteher ist alles wie bekannt, er wartet, bis Larry klargestellt hat, daß er mit einem Exemplar der "Nontoonyt Tonite"-Illustrierten eintrittsberechtigt ist. Die obligatorische Frage nach seiner Ticket-Nummer beantwortet er gewissenhaft genau. Auf die bereits erwartete Absage des Maitre antwortet Larry mit der Übergabe des Geldes. Nun steht seinem Showerlebnis nichts mehr entgegen.

Die große Show mit Cheri

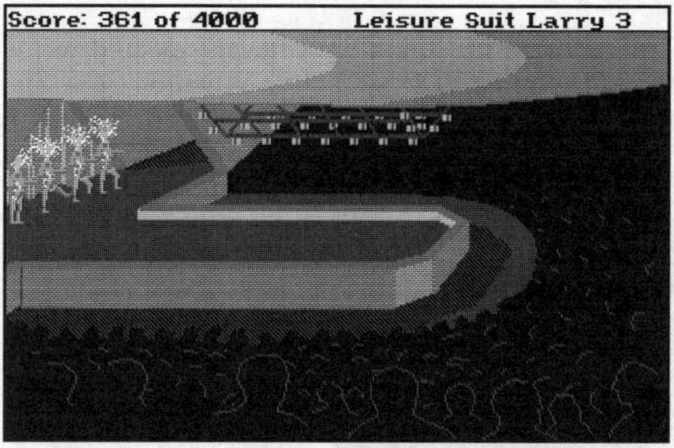

Larry findet einen Platz am Ende des Showrooms und genießt die Revue der schönen Mädchen....
☞ **361 Punkte**

Groß angekündigt tritt auf: Miss Cherri Tart (vgl. Wörterbuch). Ein furioser erotischer Tanz bringt die Zuschauer so in Fahrt, daß sie es Geld auf die Bühne regnen lassen. Auch Larry gefällt dies Mädchen ausnehmend gut. Aber dann ist die Zwei-Stunden-Show bereits zu Ende – Larry hat zuviel Zeit verloren......

Larry steht im Vorraum und sinnt auf eine Möglichkeit, Cherri Tart zu treffen. Er ist sich schließlich seiner Wirkung auf Frauen sicher (ist er?). Ein Gespräch mit dem Maitre bringt nichts Neues, und auch die Warterei vor der Bühnentür, in der Hoffnung, Cherri käme bald einmal heraus, zeitigt keine Ergebnisse. Frustriert ist Larry bereits auf dem Weg hinaus, als eine herr-

liche Frau durch den Bühneneingang geht und sich dem Telefon zuwendet. Larry, deine Chance!

Larry läßt seine überragenden Redekünste spielen. Wo andere meinen, er argumentiere eher einsilbig, behauptet er: Das Gefühl macht's.... Und so schütten sie sich gegenseitig ihr Herz aus, der "verhinderte" Star und die verhinderte Farmerin. Nach dem Austausch ihrer Lebensziele möchte Larry ihr gerne noch näher kommen. Wie immer in seiner Laufbahn versucht er es mit einem unverhältnismäßig großen Geschenk - alles, was er noch hat, soll Cherri gehören. Cherri ist begeistert. So macht sie Larry den Mund wässrig: Hat er die benötigten Unterlagen, so soll er sanft an die Bühnentür klopfen, und sie wird dort auf ihn warten. Also auf Larry, es geht wieder auf Wanderschaft!

☞ **391 Punkte**

Falls Sie es nicht bereits wissen (Larry lebt schon lange genug auf der Insel, um von diesem Brauch zu wissen, ja er dachte bereits daran!), um was es Larry im Moment geht, sollten Sie sich erneut mit den Traditionen der Eingeborenenwelt von Nontoonyt Island beschäftigen. Danach hat Larry Anspruch auf einen Gutteil des Landes, das einmal Kalalau gehört hat. Diesen Anspruch zu haben ist eine Sache, doch um diesen

Anspruch verschenken zu können, muß das alles eine gewisse Form haben. So beginnt für Larry ein Abenteuer im Abenteuer: Er versucht einen Anwalt zu finden.

Vielleicht haben Sie "Ihren" Larry ja bereits einmal bei DeWey, Cheatem & Howe anklopfen lassen? Bisher hatte keiner der Anwälte ausreichend Zeit, um sich mit Larry und seinen Problemen zu beschäftigen. Als Larry den richtigen Moment abpaßt und den jungen Mann an der Rezeption anspricht, muß er nur noch sein Anliegen in der korrekten Form vorbringen. Als er sich überwindet und nach gesetzlichen Grundlagen für seine endgültige Trennung von Kalalau nachfragt, wird er an die Anwältin Miss Cheatem verwiesen.
☞ **401 Punkte**

Kaum hat er Platz genommen, geht es los. Die flotte Anwältin erzählt Larry, wie sie es mit neuen Klienten hält. Energisch und zielgerichtet wie Larry nun mal ist, bekommt er nur die Hälfte mit. Neben der allgemeinen Erklärung, wieviel eine Scheidung denn nun kosten wird, erfährt Larry auf Nachfrage einiges zu der guten alten Tradition, wie mit gemeinsamem Eheeigentum – soweit es Liegenschaften betrifft – umgegangen wird. Roger, der Sekretär des Anwaltbüros, wird angewiesen, Larry die notwendigen Papiere fertigzumachen. Dies wird allerdings einige Zeit in Anspruch nehmen. Ein kleiner Spaziergang in den Urwald hilft darüber hinweg. Als Larry einmal unterwegs ist, nimmt er die Gelegenheit wahr, um endlich in aller Ruhe die Comedy-Show anzusehen. Der (sich selbst für legendär haltende) Paul Paul gibt wieder eine seiner unsäglichen Vorstellungen. Ethnischer Humor soll über den tristen Alltag hinweghelfen. Nichts für allzuernste Geister....
☞ **431 Punkte**

Auch als die Show sich immer länger hinzieht, harrt Larry aus, immer noch auf einen guten schlüpfrigen Witz wartend. Am Ende der Show zwar nicht glücklich, sondern eher erschöpft, bemerkt Larry, daß die Show doch mehr gebracht hat als die in dem Honeymoon Hotel vor vielen Jahren. Anschließend macht sich Larry auf den Rückweg zu den Anwälten. Dort bekommt er endlich die Besitzurkunde - wie gewünscht ausgestellt auf den Inhaber - über 640 Morgen seltenes, unberührtes Waldland. Damit macht er sich auf den Weg zu Cherri.
☞ **551 Punkte**

Larry als Showstar

Voller Erwartungen klopft Larry leise an die Tür des Bühneneingangs. Und diese Erwartungen gehen auch voll in Erfüllung: Cherri – überglücklich über ihre Zukunft als grüne Hoffnungsträgerin im Regenwald – erfüllt nun auch einen Wunsch von Larry. Sie werden Zeuge, wie Cherri eine Privatnummer mit Larry durchzieht, kurz vor dem Beginn der nächsten Show....

Die abrupte Unterbrechung scheint zum amerikanischen Norm-Alltag zu gehören. Fast wie erwartet, unterbricht ein Trommelwirbel Larrys Erfüllung. Cherri kreischt: Die

zweite Show beginnt, zieh dich an. Es kommt zu einem hektischen Hin- und Hergerenne, zu einem ebenso hektischen Hin- und Hergereiche. Cherri wird wiederum vom Ansager der Show angekündigt, das Licht geht an, der Vorhang öffnet sich, die Überraschung ist da. Während Cherri sich jetzt der Rolle als Sex-Objekt entzieht, stellt sich Larry mit Bravour der neuen Rolle (wiederum US-typisch in einer guten Verkleidung).
☞ **619 Punkte**

Das völlige Akzeptieren der Gegebenheiten versetzt Larry in die Lage, weiterhin an seiner endgültigen Trennung von Kalalau arbeiten zu lassen. Er erinnert sich der netten Anwältin und geht – ohne sich von seinem Aufputz, den er sich genau ansieht, abschrecken zu lassen – wieder in die Kanzlei. Der Sekretär Roger fragt, ob er das notwendige Geld bei sich hat, Larry bezahlt ohne mit der Wimper zu zucken. So erhält er Zutritt zu der Anwältin, die sich freut, ihn so zu sehen. Ein weiteres Interrupt-Erlebnis ist die Folge, die Frustrationen von Larry werden durch Ihre Lacher aber nicht weniger...

Nicht zuletzt aufgrund dieses Erlebnisses entscheidet sich Larry dafür, weiter an seiner überkommenen Mentalität – verdeutlicht durch seinen weißen Rock – festzuhalten. Kaum hat er diesen wieder aufgepickt, macht er sich auf den Weg zu weiteren Erfahrungen.

Erste Annäherungen an Patti

Wenn Larry sich auf Ihre Veranlassung nun entscheidet, in der Programmzeitung noch einmal nachzulesen, was im Laufe des heutigen Abends noch so alles auf Nontoonyt passiert, wird er die Ankündigung lesen:

Leisure Suit Larry III

Now appearing in the Casino Lounge:
Passionate Patti
Keyboard and Sind-A-Long
Star Of Five Continents!
Even Appeared On `Star Search'

Noch erschöpft von bisherigen Mißerfolgen wird Larry neugierig und bewegt sich Richtung Casino Lounge. Dort sitzt und spielt tatsächlich die außergewöhnliche Passionate Patti.

Nicht nur der Name, auch die Reaktionen von Larry deuten daraufhin, daß er endlich die Frau gefunden hat (schon mit 756 Punkten von 4000 möglichen, ist das wahr?). So spricht er sie denn an...

Nach einigen Gesprächsversuchen hat er den richtigen Ton getroffen, als er Patti nach einem Treff fragt. Patti allerdings bedeutet ihm, daß es genügend unverheiratete Männer gäbe. Leider hat Larry seine Urkunde noch nicht. Daher muß er Patti verlassen und geht noch einmal zu den Anwälten.

Nach bewährtem Muster fragt Larry bei Roger nach der Scheidungsurkunde. Dieser übergibt sie. Larry sieht sich diese wichtige Urkunde natürlich sofort gut an. Oh, welch ein Zufall, Suzi Cheatem sorgt für Larrys Gesundheit...
☞ **881 Punkte**

Wieder zurück in der Casino Lounge beginnt Larry erneut den Dialog mit Patti. Diesmal zeigt er stolz und erwartungsvoll sein Scheidungsdekret. Da interessiert Patti sich schon mehr für ihn, doch auf einen erneuten Vorstoß von Larry macht sie ihm klar, daß die faule Zeit auf der Insel seine

physische Kondition etwas außer Rand und Band gebracht hat. So muß er also noch ganz schön was tun, bevor er seine Patti haben kann.
☞ **981 Punkte**

Er erinnert sich an die Fitneßmöglichkeiten, die Suzi ihm eröffnet hat. Das wäre doch eine gute Gelegenheit, um seinen Körper wieder aufzubauen. Also reißt er sich ein weiteres Mal von Patti los. Bevor er sich allerdings in Fat City sehen läßt, muß er noch einige Utensilien einsammeln.

Als erstes sollte Larry sich zu den Umkleidekabinen hinter dem Hotel begeben. Sollte er dort Al Lowe treffen, so kann er bei aller Mühe doch kein Gespräch mit ihm beginnen. An der Seite der Kabinen befindet sich ein Waschbecken. Hier sollte Larry sich einen Schluck gönnen. Ein wichtiges Waschutensil, das sogar an solch öffentlichen Plätzen zu finden ist, sollte nicht hängen bleiben. Was für die Körperpflege noch fehlt, hat er bei einem seiner bisherigen Frauenabenteuer liegen sehen. Als er an den Ort zurückkehrt, kann er es mitnehmen. (Auch 2 Punkte können spielwichtig sein!).
☞ **997 Punkte**

Fat City

Als Larry endlich in Fat City angekommen ist, geht er zunächst geradeaus in das Aerobic Studio. Die Tür kann er ja dank Suzis Hilfe öffnen. Im Studio tanzt Bambi, eine sportliche junge Frau. Auf seine übliche Art und Weise spricht Larry die Frau an. Aber alle Versuche, mit ihr gemeinsam Kalorien abzuarbeiten, schlagen fehl. Auch die Idee, Bambi bei ihrer Arbeit zu helfen, schlägt fehl.

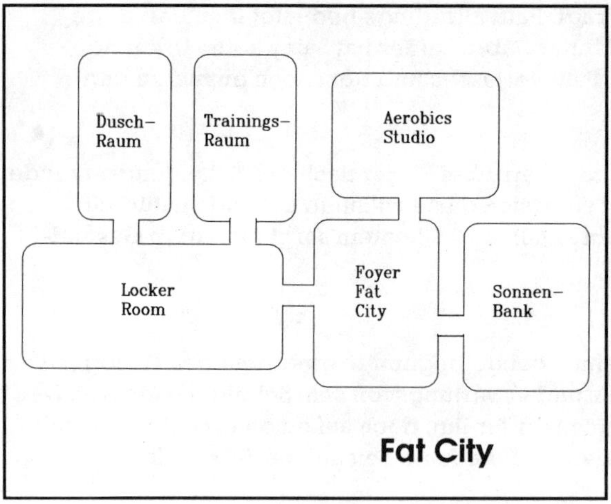

Das liegt natürlich nur an Larrys mangelnder körperlicher Verfassung. Also

verläßt er Bambi – nicht ohne ihr zu versichern, wie gerne er ihr helfen würde, – und geht in den Umkleideraum.
☞ **1000 Punkte**

Kaum hat Larry die Tür geöffnet, ist er blaß vor Staunen: So groß hat er sich die Umkleideräume denn doch nicht vorgestellt. Da er auf Suzis Karte hier ist, muß er auch ihren Schrank benutzen. Doch wo könnte er sein?

Al Lowe, der gewiefte Sierra-Online-Programmierer hat eine kleine Hilfe – genau an Larrys Fähigkeiten angepaßt – mit eingebaut. Lassen Sie Larry einfach einmal sagen: "Finde den Schrank". Die Antwort sollten Sie (und Larry) wie ein Kinderspiel verstehen: "Am Ziel verbrennt man sich die Finger."

Hat Larry den Schrank gefunden, geht's ans Öffnen. Doch der Mechanismus arbeitet nicht mit einem Schlüssel, sondern mit einer Kombination. Drei Zahlen müssen gefunden werden. Doch Suzi hat Larry keine Kombination genannt. Wie kann er an die Zahlen kommen. Aber halt, denkt Larry, vielleicht hat sie es aufgeschrieben... Und tatsächlich: Auf einem der aufgesammelten Utensilien stehen die notwendigen Angaben.

Allerdings so verschlüsselt, daß man schon denken muß, in dem Schrank wären alle Unterlagen über Schweizer Nummernkonten aufbewahrt. Die Lösung ist ganz einfach: Lassen Sie Larry in "Nontoonyt Tonite" nachschauen. Die Zahlen finden sich an der Stelle der Seitenangaben.
☞ **1068 Punkte**

Welcher Mann von Larrys Kaliber hätte nicht immer mal davon geträumt, die Geheimnisse einer Frauenhandtasche auszukundschaften? Nun, ein Blick in den Umkleideschrank einer jungen Anwältin tut es doch auch, oder? Larry sieht ein Idol, dem auch er versucht nachzueifern, Deodorant und einen

Frauen-Trainingsanzug. Den sollte man wohl anziehen, wenn man hier was machen will, denkt Larry praktisch.
☞ **1172 Punkte**

So gut eingekleidet geht Larry in den Kraftraum. Imponierend beherrscht das Riesenkraftgerät den Raum. Das wird noch einigen Schweiß kosten, Larry! Zunächst bleibt Larry an der der Tür zugewandten Seite der Maschine. Es ist eine Vorrichtung fürs Beine-Verrenken. Weisen Sie Larry an, diese Maschine zu benutzen. Er wird sich gehorsam hinlegen, und dann sind Sie gefordert (damit Sie nicht einschlafen oder so was in der Art?).

Mehr als 14 Übungen brauchen Sie übrigens nicht zu machen, der einzige Erfolg von mehr Übungen wäre wohl eine Sehnenscheidenentzündung.

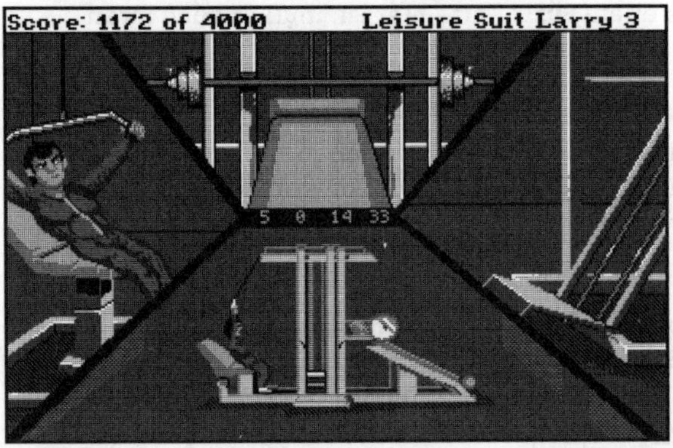

Die nächste Übung findet auf dem Rücken liegend statt. Bank-Presse könnte man diese Martervorrichtung wörtlich übersetzen. Auch hier sind Sie wieder gefordert, mitzuarbeiten.

Die nächste Übung funktioniert mit einer Art Seil. Larry muß ein schweres Gewicht ziehen. Auch hier helfen Sie .... Die letzte Übung an der Stirnseite der Maschine ist einfach: Hochstemmen des Körpers und langsam wieder absinken lassen. Auch hier sind die 14 nötigen Übungen schnell absolviert. Der Abend läßt noch hoffen, Larry! Nach Absolvierung der Übungen passiert es, wir werden Zeuge vom ersten Pulsieren der berühmt-berüchtigt, jedermann bekannten (SIE sind eben nicht jedermann!) Pulsating Pectorals. Na ja, wenn Sie es bis jetzt noch nicht im Lexikonteil nachgeschlagen haben, brauchen Sie nur zuzusehen, um den Sinn des Wortes Pectorals zu verstehen. Jedenfalls hat Larry am Ende dieser Übungen sein jahrelang angesetztes Übergewicht verloren, einige Muskeln hinzugewonnen und sieht jetzt für sein Alter ganz passabel aus.
☞ **1272 Punkte**

Er geht wieder in den Umkleideraum zum Schrank. Dort öffnet er den Schrank (mit der bereits bekannten Kombination) und zieht den Trainingsanzug aus. Sofort schreitet die bekannt amerikanische "Es gibt keine Zensur" ein und weist uns auf das Problem hin, daß Larry jetzt NACKT ist. Aber Sie haben ja daran gedacht, das Andenken an das Erlebnis mit Tawnie mitzunehmen, oder? Mit WEAR .... legen Sie es Larry um die Hüften. Bevor er in den Duschraum geht, schließt er wieder den Schrank.

Im Duschraum haben Sie eine ungewohnte Sicht, die aber hilft, Larry zu steuern - von oben. Zunächst muß Larry natürlich das Wasser anstellen und sich dann in den Strahl begeben. Haben Sie vorgesorgt, wird Larry sich kräftig abwaschen können und völlig sauber werden. Danach stellt Larry das Wasser wieder ab und verläßt die Duschkabine.
☞ **1332 Punkte**

Zurück am Schrank verwendet er wieder dieselbe Kombination und trocknet sich ab. Anschließend versucht er mal Suzis Deo, ob es wohl ebenso versagt wie diese Billigdinger aus der Discount-Drogerie in Lost Wages? Nun sind die Übungen und die anschließende Reinigung beendet, also zieht er seinen Freizeitanzug wieder an und schließt den Schrank.
☞ **1381 Punkte**

Voller Tatendrang begibt sich Larry wieder in das Aerobic Studio, wo Bambi immer noch an sich (?) arbeitet. Wieder spricht Larry das Mädchen an. Bambi kann sich aber nicht an ihn erinnern, so hat er sich verändert. Die ganze Zeit brennt eine Frage Larry auf den Nägeln: "Sag, warum ist in einem simplen Aerobic Studio soviel Video-Equipment?" Bambi erzählt daraufhin von ihrem Vorhaben, ein Video für weltweiten Einsatz zu drehen. Beim weiteren Plausch teilt Bambi ihre Sorgen mit: Wie

soll sich gerade ihr Video durchsetzen, was unterscheidet ihr Produkt von all den anderen Video-Aerobic-Tapes? Larry weiß Rat, war er doch schließlich einmal verantwortlich für das Marketing von Natives Inc. und hat gezeigt, daß er weiß, was weltweit bei stupiden Leuten ankommt. Bambi weiß dies natürlich zu schätzen und kündigt großartige Dankbarkeit an. Larry schluckt und packt einfach mit an.
☞ **1439 Punkte**

Die weitere Entwicklung dieses Projektes entspricht genau den Phantasien, die er immer beim heimlichen Gucken der Porno-Videos hatte, die er im Laden geklaut hatte. Wir sparen uns dies hier und wünschen "Gute Unterhaltung".
☞ **1483 Punkte**

Bemüht um Patti

Kaum ist die Übung auf (besser: unter) der Sonnenbank vorüber, denkt Larry wieder an "seine" Patti. So macht er sich denn auf, der Pianospielerin seinen jetzt gestählten Körper vorzuführen und um ein Rendevouz zu bitten. In der Casino Lounge sitzt Patti und spielt leise vor sich hin. Vielleicht treffen Sie ja IHN, den KING, jetzt bei Patti. Ein bescheidener Hinweis darauf, daß Patti wohl doch eine Traumfrau ist. Aber so wie dieser König keine Lust hat, sich mit Larry zu unterhalten, so hat Larry keine Lust, sich mit ihm zu unterhalten, und so setzt er sich wieder zu Patti.

Wieder entspannt sich ein Dialog zwischen Larry und Patti, der in Larrys Bitte nach der einzigen, der richtigen Verabredung gipfelt. Und was sagt Patti? Sie sagt JA, aber.... Ein Gentleman, so meint Patti, sollte zum ersten Treff immer ein Geschenk mitbringen. Leider hat Larry nichts dergleichen. Eine kurze Überlegung bringt ihn aber auf den richtigen Weg. Hat er doch unterwegs in einer Höhle Blumen gesehen, die einer Frau wie Patti würdig sind. So verabschiedet er sich ein weiteres Mal und macht sich auf die Suche. Auf der Suche nach den Orchideen guckt sich Larry noch nicht einmal die bisher verschlossene Tür vom Nachtclub an. In der Höhle wachsen tatsächlich noch viele Orchideen. Er pflückt so viele, wie er braucht. Damit hat er ein typisches Brautgeschenk, das nicht viele Mäddchen heutzutage noch bekommen (mit echten Orchideen!). Auf dem schnellsten Weg zurück zu Patti!

Kurz bevor er die Casino Lounge betritt, erinnert er sich an eine weitere folkloristische Technik der Eingeborenen. Sofort macht er sich daran, die Blumen zu einem Südseetraum zu verarbeiten. Doch nun schnell zu Patti, bevor sie verwelken! Erneut beginnt das prickelnde Spiel von Frage und Antwort. Aber jetzt denkt Larry, jetzt kann doch gar nichts mehr schiefgehen, als er Patti sein Geschenk übergibt.
☞ **1580 Punkte**

Als sie ihn fragt, was er sich denn wünsche, gibt er eine klare, aber diplomatische Antwort. Glücklich ist Larry schon, weil Patti deutlich gesagt und gezeigt hat, was ihn auf Pattis Zimmer erwartet. Aber wie die modernen Frauen so sind, sie hat doch noch einen Wunsch. Ist Larry nun so niedergedrückt, weil er nicht weiß, wo er das Gewünschte herbekommen soll, oder ist es die Parallele zu den Erlebnissen in Lost Wages, die ihn am Erfolg zweifeln läßt? Jedenfalls steht er auf und beginnt zu suchen.
☞ **1783 Punkte**

Am Strand findet er natürlich kein Getränk für einen stimmungsvollen Abend. Aber er breitet sein (nein Tawnies) Handtuch einmal aus, um sich kräftig braun brennen zu lassen. Appetitlich knackig, doch Achtung, das Ozonloch ist nahe.
☞ **1813 Punkte**

Dann fällt es ihm ein: War bei dem Eintrittspreis für diese verrückte, langweilige Vorstellung nicht ein Gedeck eingeschlossen gewesen? Hatte er denn die Flasche Wein, die er damals bekommen hatte, ausgetrunken? Oder war die noch da? Da hilft nur nachschauen, denkt sich Larry und geht los. Tatsächlich steht die Flasche noch an seinem alten Platz, und er kann sie mitnehmen, um den Abend mit Patti stimmungsvoll zu begehen.
☞ **1828 Punkte**

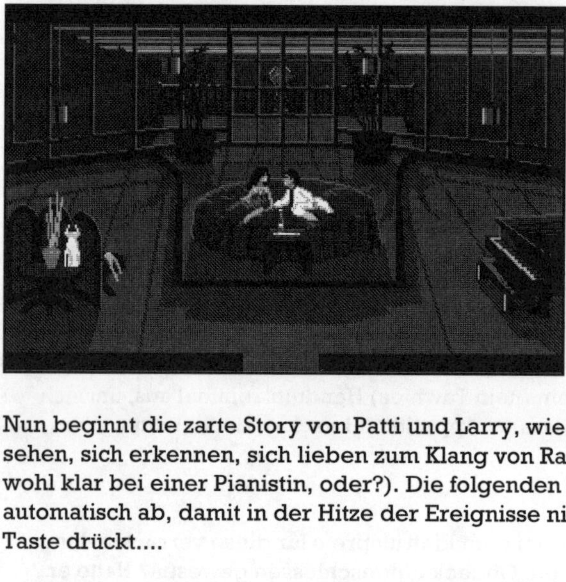

Er eilt in die Hotelhalle und ruft mit einem Druck auf den Knopf den Aufzug. Mit einem Blick auf die Knöpfe des Bedienfeldes stellt Larry fest, daß es verschiedene Stockwerke gibt (welche Überraschung!). Soweit ihm bekannt ist, wohnt Patti im Penthouse, also ganz oben. Kaum hat er den gewünschten Ort gewählt, setzt sich der Aufzug in Bewegung. Endlich ist er oben. Patti räkelt sich auf dem Bett, und sie treiben ein bißchen Konversation. Er stellt die Flasche Wein auf das Tablett neben die Gläser.

☞ **1870 Punkte**

Nun beginnt die zarte Story von Patti und Larry, wie sie sich in die Augen sehen, sich erkennen, sich lieben zum Klang von Ravels Bolero. (Ist doch wohl klar bei einer Pianistin, oder?). Die folgenden Sequenzen laufen automatisch ab, damit in der Hitze der Ereignisse niemand eine falsche Taste drückt....

Glück, Liebe, Partnerschaft, alles, was Larry sich schon immer erträumt hat, macht Patti mit einem kleinen Wörtchen zunichte. "Arnold" wispert sie, als die beiden nach leidenschaftlichem Liebesspiel in den Schlaf sinken. Larry ist tötlich getroffen: Denkt sie während einer solchen Liebesnacht an einen anderen, dann ist meines Bleibens hier nicht länger. Das war's mit Frauen, ich gehe jetzt dahin, wo es keine Frauen gibt, wo diese Enttäuschungen nicht mehr passieren können. Gesagt - getan, er verläßt die Suite. Genüßlich dreht Patti sich nach Larry um, um ihn in den Arm zu nehmen. Doch da ist kein Larry mehr. Patti, die keine Ahnung hat, was ihr über die Lippen gekommen ist, weiß nicht, was passiert ist. Als sie Ausschau nach Larry hält, sieht sie vom Balkon aus, wie er in den undurchdringlichen Bambusdschungel geht.

Nun lieber Spieler, jetzt sind Sie dran. Patti - wir wissen bereits, daß sie eine moderne junge Frau ist - begibt sich jetzt selbst auf die Suche. Ihre Aufgabe ist es, ihr zu helfen!
☞ **2332 Punkte**

Pattis Suche

Als erstes muß Patti sich für diese Suche natürlich umziehen, denn man kann nicht im Negligé in den Urwald gehen.In der Umkleideecke müssen Sie nun genau bezeichnen, was Patti anziehen soll. Vielleicht gucken Sie einmal, was da so liegt, dann fällt es Ihnen vielleicht leichter. Während des Anziehens sollten Sie ruhig nochmal hingucken, ob etwas bisher verborgen war. Erinnern Sie sich auch ruhig mal an die vielen Dinge, die man als Mann einer Frau ausziehen kann (oder muß), bis man Haut an Haut ist. Dies gilt es jetzt alles in der richtigen Reihenfolge anzuziehen!

☞ **2402 Punkte**

Bevor Patti aber nun loszieht, sollte ein Blick in die Runde erfolgen. Vielleicht gibt es doch noch etwas für die anstrengende und lange Suche mitzunehmen? Hat Patti alles Notwendige, geht es in den Aufzug und dort wieder in den ersten Stock zurück.
☞ **2427 Punkte**

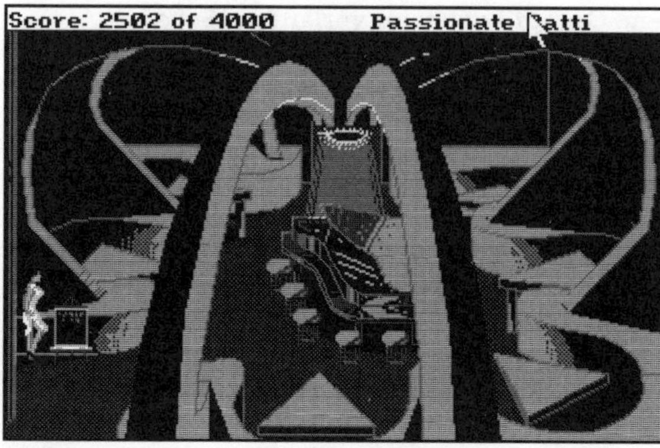

Patti hat eine gewisse Vorstellung von den Schwierigkeiten der Suche nach Larry. Um sich für diese Anstrengungen zu rüsten, sammelt sie verschiedene Dinge unterwegs ein.

Vor allem sind dies Sachen, die mit ihrer Arbeit zusammenhängen. Ein kleines magisches Leuchten hat es ihr dabei angetan, dieses Utensil nimmt sie gerne mit.

Da die Suche, wie Patti ja gesehen hat, in den Dschungel führt, nimmt sie Überlebensnotwendiges mit. Ein Blick in die "Noontonyt Tonite" hilft bei der Überlegung, was notwendig ist.
☞ **2539 Punkte**

Bei ihrer Suche nach Auskünften über Larry kommt Patti an Orte, die bisher geschlossen waren. Daß dort die Unterhaltung hohe Wellen schlägt, ist klar. Aber, wie in Business üblich, steht ein Maitre vor der Tür, der sein Scherflein fordert.
☞ **2582 Punkte**

Patti ist sehr angetan von Dales Show, aber als sich die Gelegenheit ergibt, spricht sie mit ihm über ihren lieben Larry und wie sie wohl durch den undurchdringlichen Bambusdschungel kommen kann. Der Hinweis von Dale ist liebgemeint, aber nur schwer verständlich. Erneut muß "Noontonyt

Tonite" gründlich studiert werden. Das Liedchen ist die Lösung, aber Singen hilft nicht. Im Labyrinth des Dschungels werden konkrete Wegweiser fehlen, nur die Himmelsrichtungen weisen den Weg, East (rechts), West (links), North (oben), South (unten).
☞ **2583 Punkte**

Der Dschungel

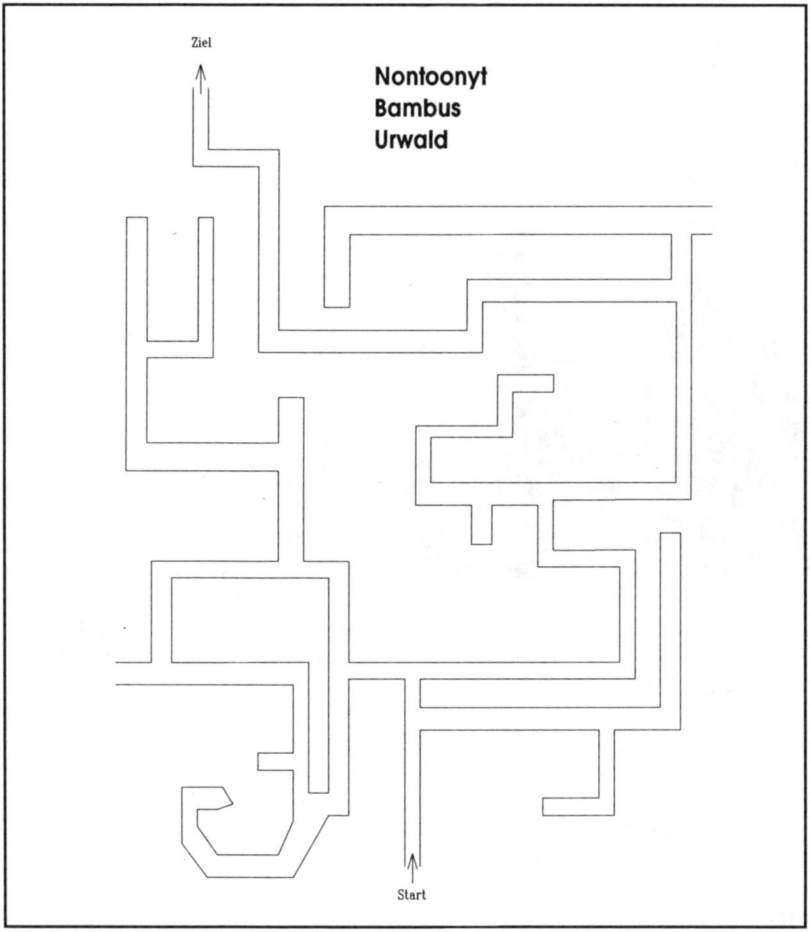

Über die Durchquerung des Bambuswaldes ist nicht viel zu sagen. Wenn Patti nicht ihre Vorräte mit hätte und entsprechend verwenden würde, dann wäre ihre Suche bereits hier zu Ende.
☞ **2603 Punkte**

Ein Verirren ist denkbar, aber mit dem kleinen Liedchen über "Nectarines" zu vermeiden. Mit der beiliegenden Skizze könnte Patti natürlich noch schneller durch den Dschungel kommen.

Die Überwindung des Kliffs

Kaum ist Patti aus dem Bambuswald glücklich heraus, geht sie vorsichtig an das Flußufer und erfrischt sich. Gekräftigt schreitet sie vorwärts.
☞ **2745 Punkte**

Ein Stückchen weiter biegt sich ein absonderliches Stück Felsen über den Fluß. Der Fluß fließt so schnell, daß ein Schwimmen darin nicht möglich ist. Tatsächlich ist hier ein großes Kliff, über dessen Rand der Fluß tief hinabstürtzt. Ein bißchen Herumlaufen bringt Patti zu der sicheren Erkenntnis, daß es nur abwärts gehen kann. Alle Versuche, Hilfsmittel für eine Klettertour zu bekommen, scheitern. Lianen wachsen eben nur im Urwald und nicht auf Felsen....

Da sieht Patti an sich herab und erinnert sich an die vielen wunderbaren Werbeversprechungen. (Wenn Sie hier nicht weiterkommen, sollten Sie vielleicht einfach mal das Nachmittags-Werbefernsehen einschalten und sich vor allem ansehen, für was für Frauenspezifisches beworben wird.) Mit einigen Verrenkungen – schließlich gibt es zahlreiche Zuschauer – hält Patti das benötigte Stück in den Händen.
☞ **2760 Punkte**

Nun wird es am Felsen festgemacht, und dann beginnt das vorsichtige Abfedern. Nach einigem Hin- und Her zeigt sich aber leider, daß auch die Werbeversprechungen der Industrie nicht immer die Wahrheit über die Produkte zeigen (von wegen Superstretch, haha). Tief ist der Sturz...

Der Brückenschlag über die Schlucht

Mühsam rappelt Patti sich wieder auf. Benommen schaut sie sich um und sieht verwilderte Reste von Dr. Nonookees Privatanbaugebiet. Seltsame Blätter erinnern sie an verbotene, phantastische Dinge, von denen sich "anständige" Mädchen immer fernhalten. Sie müssen aber nicht unbedingt unanständiger sein, aber einiges ernten sollten Sie schon. (Bevor entrüstete oder besorgte Eltern, Freunde und Verwandte nun Sie, den Spieler, vom PC wegreißen, bevor Sie verdorben werden: Manches, was in bösem Ruf ist, kann – traditionell behandelt – ein unbestritten nützliches Werkzeug oder Hilfsmittel sein!!) Patti erinnert sich an die Segelboote der Einheimischen, dort wurde dieses Kraut auch laufend für Befestigungen und ähnliches verwendet. Das ist der Weg über die Schlucht! Für die Herstellung (eine Anleitung findet sich natürlich auch in "Noontonyt Tonite") braucht sie nicht lange.

☞ **2910 Punkte**

Vor der Überquerung der Schlucht macht sie sich aber auf, einen Überblick über die Gegend zu erhalten. Dabei erntet Patti weitere Früchte des Landes. An was sie sich bei diesen zwei haarigen, runden Dingern wohl erinnert? Anschließend betätigt sie sich wie ein Cowboy mit seinem Lasso. Da dies letztendlich doch Erfolg hat, kann das Klettern nun beginnen. Doch halt, zunächst sollte auch das andere Ende gesichert werden. Auch dann gibt es noch Schwierigkeiten mit den Kleidern. Da hilft nur eins, soweit nötig aufribbeln und dann los....

☞ **3025 Punkte**

Unbekannte Wege erforschen

Glücklich über die Schlucht, muß Patti weiter ihren Weg durch gefährliche und unbekannte Gegenden suchen. (Auch reaktionsschnelle Spieler sollten jetzt des öfteren zwischenspeichern!) Das erste Lebewesen, das Patti begegnet, ist eines der schrecklichen Urwaldschweine. Um sich dies Tier vom Leibe zu halten, muß Patti sich wieder an Cowboy-Taktiken erinnern. Hier aber mehr an südamerikanische Praktiken, mit denen sogar Stiere gestoppt werden können. Diese Waffe kann nur mit einem weiteren Kleidungsstück hergestellt werden, das Platz für die zwei von Patti geernteten Wurfgeschosse bietet, diese zu einer wirksamen Waffe verbindet. Als das Schwein auftaucht, wirft Patti ihre Bola dem Schwein um die Beine, das daraufhin in den Fluß fällt und im Spiel nicht wieder auftaucht.
☞ **3175 Punkte**

Der Weg bis zum Fluß ist frei. Da kein anderer Weg offensteht, sucht Patti einen Weg in oder durch das Wasser. Genaues Hingucken hilft das entscheidende Utensil zu entdecken. Bevor Patti darauf klettert, muß sie es noch in die Mitte des Flusses schieben.
☞ **3205 Punkte**

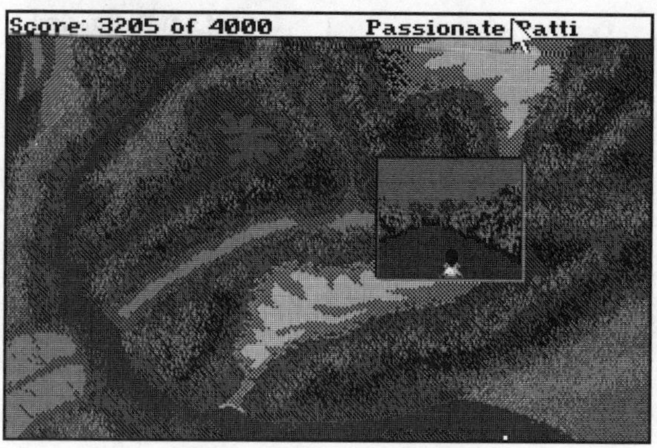

Die Strömung treibt Patti dann ins Abenteuer. Wie ein Motoradfahrer beeinflußt sie das Treiben. Auf einer

Landkarte können Sie die Position von Patti sehen. Auch hier gilt, ab und zu mal abspeichern. Und nicht entmutigen lassen: Es IST zu schaffen! Gucken Sie ruhig auch mal auf die Karte. Sie ist nämlich nicht sehr einfallsreich, sondern lediglich ein bunt ausgemaltes Schema aus dem Oberstufenunterricht (passend zum Thema des Spiels.)

Das Wiedersehen

Haben Sie Patti geholfen, die Flußreise glücklich zu absolvieren, kommt sie nicht mehr dazu, sich einen ruhigen Landeplatz zu suchen. Die kannibalisch lebenden Amazonen nehmen Patti gefangen. Als sie endlich in einem Käfig zur Ruhe kommt, nimmt sie die Anwesenheit eines anderen Menschen wahr.

Haben sich die beiden also doch am Ende gefunden? Ja, aber das Feuer unter dem Kochtopf ist schon angefertigt. An dieser Stelle hilft nur noch Magie. Voller Vertrauen setzt Patti alles Magische ein und schafft so tatsächlich eine magische Tür.
☞ **3855 Punkte**

Die Flucht endet in einem Studio, das einige Überraschungen (aber nur angenehme) enthält. Nur einmal muß Patti noch eingreifen: als eine Maschine beide in die Luft treibt. Aber das Ausschalten läßt sich einfach herbeizappeln. Der weitere Weg führt die beiden dann zu Roberta Williams.
☞ **3895 Punkte**

Diese sorgt für den weiteren Lebensweg unseres ungleichen Paares. Es endet mit dem Beginn, als Larry "seine" Patti bittet: "Sag mir doch einmal einen Namen für eine Bar". "Lefty's". "Da muß ich doch mal sehen, ob mein Held da 'reingehen kann".

Die Larry Story

Der Spieler liest es, sieht es sogar auf dem Monitor im Monitor, lacht sich einen und freut sich auf die Abenteuer von Larry in Lefty's Bar. Oder er erinnerst sich, je nachdem, welchen Teil dieser unendlichen Geschichte er (oder sie) bereits kennt.

5. Komplettlösungen zu allen Programmen

Achtung!
In diesem Kapitel erfahren Sie die Komplettlösung zu allen drei Larry-Spielen.

Wie Sie mit den Komplettlösungen umgehen sollten

Natürlich ist es weder der Sinn dieses Buches noch der Spiele selbst, daß Sie diese Komplettlösungen auswendig zu lernen versuchen, wie etwa die Bedienungsmöglichkeiten eines Textverarbeitungsprogrammes. Der Reiz bei den Larry-Spielen liegt nun mal darin, selbst herauszufinden, wie es weitergeht und was man alles tun kann.

So sollten Sie dieses Kapitel auch nur mit Vorsicht genießen. Es ist dafür gedacht, daß Sie es zu Rate ziehen, wenn Sie auch nach langem intensivem Ausprobieren nicht mehr weiterkommen.

5.1 Leisure Suit Larry 1: In the Land of the Lounge Lizards

5.1.1 Utensilien

Wallet – Brieftasche
Grundausstattung, hat der Mann von Welt immer in der Tasche. Verliert oder verschenkt er seine Brieftasche, wird er seines Lebens nicht mehr froh.

Breath Spray – Atemspray
Grundausstattung, Larry kann kaum ohne leben. Jedenfalls muß er es ständig benutzen, sonst hat er keine Chance, an seine Traumfrauen heranzukommen.

Pocket Lint – Taschenfluse
Grundausstattung. Befindet sich nach vorsichtigen Schätzungen von Branchenkennern in jeder Hosentasche der westlichen Welt. Natürlich sind solche Flusen ziemlich unnütz.

Wrist Watch – Armbanduhr
Grundausstattung. Wenn die Marke stimmt (zum Beispiel: (hier könnte in der nächsten Auflage IHR Inserat erscheinen)), gilt eine Armbanduhr als einzige international frei konvertierbare Währung der Halb- und Unterwelt. Leider hat Larry seine Uhr für ein paar Mark beim Kaffeesieder erstanden und kann mit der Uhr in Lost Wages nichts anfangen – es sei denn, er will wissen, wie spät es ist.

Apple – Apfel
klassisches Utensil der Verführung (wenn gerade keine Schlange zur Hand ist). Wer im Casino von Lost Wages nicht nur den letzten Dollar, sondern auch das letzte Hemd verspielt hat, bekommt nach einer alten Tradition einen Apfel geschenkt. Den kann er dann verkaufen. Sollten Sie vor dem Casino von jemandem angesprochen werden, der Ihnen einen Apfel verkaufen will: Seien Sie freundlich.

Diamond Ring – Diamantring
Es gibt zwei Sorten von Frauen (abgesehen von allen anderen Sorten): Die eine, die kostbare Diamantringe im Waschbecken auf der Herrentoilette zwielichtiger Bars verlieren; die andere, die unbedingt heiraten will, wenn sie in der Disco einen Diamantring geschenkt bekommt.

Glass of Whiskey – Ein Glas Whiskey
So was ist in jeder Bar der Welt für wenig Geld erhältlich. Mann sieht ungeheuer männlich aus, wenn man seinen Whiskey nicht trinkt, sondern lässig in der Hand hält und überall damit herumrennt. Mann sollte eigentlich immer ein Glas Whiskey bei sich haben: Es hilft, wenn man Freundschaft mit alten Trunkenbolden schließen will.

Remote Control – Fernbedienung
Unersetzliches Instrument, wenn man zwischen zwei Sportsendungen hin- und herschalten will, ohne ständig vom Sofa aufzustehen. Bisweilen die einzige Möglichkeit, einen Fernseher zu bedienen, dessen Bedienungsknopf abgegangen ist. Bekommt man manchmal von alten Trunkenbolden geschenkt, wenn man Freundschaft mit ihnen schließt.

Rose
Eine Rose ist eine Rose ist eine Rose ist eine Rose ist eine Rose... auch wenn man sie im Vorraum einer Toilette in einer zwielichtigen Bar findet und dann benutzt, um ein Mädchen in der Disco freundlich zu stimmen.

Prophylactic – Rettet die Liebe
stoppt Aids - Kondome schützen (Nähere Einzelheiten unter der Telefonnummer 0228-3381). Volkstümliche Bezeichnung für die schützenden Tütchen: Lubbers. Gibt es in Lost Wages, in verschiedenen Farb- und Geschmacksrichtungen und im Getränkeladen.

Used Prophylactic – Gebrauchtes Kondom
Sollte man nicht nochmal benutzen. Kann einen in ziemliche Schwierigkeiten bringen, wenn man es nicht rechtzeitig los wird.

Box of Candy – Schachtel Pralinen
Neben Rosen und Diamantringen gehören Pralinen bekanntermaßen zu den Dingen, die das Herz einer Dame öffnen. Bei manchen Damen muß man allerdings mit schwerem Geschütz auffahren und noch eine Rose und einen Diamantring auf die Pralinenschachtel drauflegen. Leider gibt es in Lost Wages keine Pralinen zu kaufen. Wer also unbedingt Pralinen braucht, muß sie schon stehlen. Wo? Bei einer anderen Dame. Im Schlafzimmer.

Inflatable Doll – Aufblasbare Gummipuppe
Findet man an den ulkigsten Stellen (zum Beispiel in Kleiderschränken). Wenn man eine findet, sollte man sie unbedingt aufblasen und ausprobieren – auch wenn man sich das zweimal überlegen muß. Man sollte schließlich alles im Leben 'mal ausprobiert haben.

Disco Pass – Mitgliedskarte für private Club-Diskothek
Sicheres Mittel, um in eine Disco eingelassen zu werden. Und in die Disco will man ja, schließlich boxt da der Bär. Es gibt allerdings Mitmenschen, die nicht viel vom Bärenboxen halten. Die werfen dann ihren Disco Pass in den Aschenbecher. Am liebsten in aller Öffentlichkeit, zum Beispiel im Casino.

Pocket Knife – Taschenmesser
Braucht jeder richtige Mann. Und Larry. Bekommt man manchmal von alten Trunkenbolden geschenkt, wenn man Freundschaft mit ihnen schließt.

Bottle of Wine – Eine Flasche Wein
Eine ziemlich gefährliche Sache, wenn man sie mit ins Taxi nimmt. Sollte man auf keinen Fall tun. Andererseits gibt es kaum etwas besseres, wenn man Freundschaft mit einem alten Trunkenbold schließen will. Fast so gut wie Whiskey. Mit Gegengeschenken ist zu rechnen. Erhältlich in jedem gut sortierten Getränkeladen.

"Jugs" Magazine – Zeitschrift
Enthält einige interessante und fesselnde Reportagen über die aufregende Arbeit von Fensterputzern. Unbedingt lesen. Erhältlich in guten Getränkeläden.

Hammer – Werkzeug
Findet man oft an den unmöglichsten Stellen, zum Beispiel im Müllcontainer. Fachleute sind einhellig der Ansicht, daß ein Hammer ein nützliches Werkzeug ist, wenn es darum geht, Scheiben zu zerschlagen.

Bottle of Pills – Pillenröhrchen
Wenn man nicht genau weiß, was drinsteckt, sollte man vorsichtig mit dem Inhalt umgehen: Was den einen so sehr hochbringt, daß er – oder sie – alles stehen und liegen läßt, könnte den anderen ziemlich schnell umbringen. Die interessantesten Pillenröhrchen befinden sich immer da, wo man gerade nicht so ohne weiteres hinkommt.

Rope – Seil
Braucht man in jedem vernünftigen Abenteuer-Film (oder Adventure-Game). Auch in Lost Wages. Einzige Möglichkeit, sich fachgerecht anzuseilen. Wenn man irgendwo ein Seil sieht, sollte man alles versuchen, es einzustecken.

5.1.2 Der Sierra Spiele-Editor

Komplexe Spiele mit animierter Grafik können nicht einfach so drauflos programmiert werden. Diese einfache Binsenweisheit bräuchte Sie nicht zu interessieren, wenn die Firma Sierra (bzw. der Programmierer Al Lowe) nicht beim ersten Larry-Spiel auf dem PC einen kleinen Fehler gemacht hätte. Dort ist nämlich der integrierte Spiele-Editor, mit dem Leisure Suit Larry ins Leben gerufen wurde, jederzeit aufrufbar. Natürlich hilft dies sofort dem Spieler. Es ist nämlich dadurch möglich, sich ebenso wie der Programmierer durch das Spiel zu bewegen. Dies beginnt beim Aufruf des Spiels. Da Al Lowe keine Lust hatte, sich jedesmal auch selber durch die Anfangsfragen durchzumühen (die Antworten kennt er aber natürlich genau), kann man diese Prozedur mit <Alt><X> abbrechen.

Auch während des Spiels gibt der Spiele-Editor bestimmte Möglichkeiten, die nicht in den normalen Menüs enthalten sind. Die folgende Aufstellung der Befehle und Wirkungen ist unserer Kenntnis nach vollständig (aber wir haben Al Lowe nicht gefragt). Obwohl wir den Aufruf des Spiele-Editors auch mit einer kürzlich erworbenen Version geprüft haben, können wir natürlich nicht garantieren, daß das Spiel nicht irgendwann einmal ohne diese Möglichkeiten ausgeliefert wird. Bei Larry 2 und Larry 3 sind diese Möglichkeiten übrigens nicht verfügbar, wir haben auch keinen Weg gefunden, den Editor in diesen Versionen aufzurufen.

Tastatur-Befehle des Spiele-Editors:

Abbruch der Anfangsfragen:	<Alt><X>
Aktivierung des Editors:	<Alt><D>
	<Alt><V>
Bewegliche Teile hervorheben:	<Alt><P>
Koordinaten von Larry anzeigen:	<Alt><E>
Informationen zu Objekten:	<Alt><I>
Spielabbruch:	<Alt><Z>
Heapsize (Speicherplatz)	<Alt><M>
Programmzeilen zeigen:	<Scroll Lock>

Textkommandos für die Eingabezeile (nach Aktivierung)

object number	Information und Ordnungszahl
room number	Koordinaten des Standorts
get all	Zugriff auf Objekte mit Ordnungszahl
objekt room	Zuordnung zu Räumen mit Ordnungszahl
	Objektnummer 255 = Larry trägt
	Objektnummer 0 = Objekt weggegeben

Wir hoffen, Ihnen mit dieser kleinen Liste das Spielen mit Larry 1 noch einmal auf neue Art und Weise schmackhaft gemacht zu haben.

5.1.3 Die Lösung

Vor der Bar	open door	
In der Bar	sit down	
	order whiskey	1
	get up	
Vorraum Toilette	talk to man	
	give whiskey	3
	take rose	4
	open door	
Toilette	sit	5
	get up	
	read wall (4 x)	7
	look at sink	
	take ring	10
Vor der Bar	call cab	
	enter	
Im Taxi	shop	
	pay	
	get out	11
Getränkeladen	take magazine	12
	take wine	13
	buy prophylactic	
Vor dem Laden	give wine	22
	look at phone	23
	use phone	25
	call cab	
Im Taxi	bar	
In der Bar	knock on door	
	Ken sent me	
Hinter der Tür	turn TV on with remote control	28
	switch channel (6 x)	36
Zimmer über der Bar	undress	
	use lubber	46
	fuck	57
	remove lubber	58
	take candy	60
	open window	
	climb through window	

Komplettlösungen

Müllcontainer	take hammer	63
	climb out	
Taxi	Casino	
Spielhalle	use slot machine	
	oder play blackjack	
Lobby	look into ashtray	
	take card	64
Taxi	disco	
Vor der Disco	show pass	69
In der Disco	sit down	70
	look at girl	
	talk to girl	71
	ask her to dance	76
	sit down	
	talk to girl	
	give her candy	81
	give her rose	86
	give her ring	91
	give her money	98
Taxi	chapel	
Kapelle	marry girl	110
Vor dem Casino	buy apple	113
Spielhalle	(evt. Geld auffüllen)	
Aufzug	four	
4. Etage	knock door	
Zimmer	turn radio on	114
	talk to girl	
Taxi	Shop	
Vor dem Laden	answer phone	119
	use phone	
	order wine	124
Zimmer	lie down on bed	
	cut rope with knife	134
	take rope	137
Spielhalle	Geld auffüllen	
Taxi	bar	
Zimmer über der Bar	climb out of window	
Balkon	tie rope round waist	
	fasten rope to railing	
	climb over railing	

	smash window with hammer	
	take pills	145
	climb back	
	untie rope	
Taxi	casino	
Casino, 8. Etage	look at girl	
	talk to girl (mehrmals)	
	give her pills	150
	look at desk	
	push button	
	(Aufzug betreten)	155
Penthouse-Schrank	take doll	160
	blow up doll	165
	use doll (2*)	
	>>>Film<<<	173
Penthouse-Balkon	jump into tub	
	look at girl	
	talk to girl	
	look at girl	
	give her apple	188
	>>>Film<<<	213

5.2 Leisure Suit Larry 2: Looking for Love (In Several Wrong Places)

5.2.1 Utensilien

Dollar Bill – Der berühmte letzte Dollar
Wenn man vor die Tür gesetzt wird, ohne ihn bei sich zu haben, sollte man unbedingt alles daransetzen, ihn zu finden. Meistens steckt er in der Tasche einer Hose, die man gerade nicht anhat. Die Hose liegt natürlich nicht da, wo sie hingehört, sondern ganz woanders. Vielleicht in der Garage.

Lottery Ticket – Lotterie-Los
Der berühmte letzte Dollar kann schnell zum Grundstein eines neuen Vermögens werden. Dazu muß man aber ein Risiko eingehen und den Dollar aufs Spiel setzen. In der Lotterie. Ein Los, ein Dollar. Erhältlich im Getränkeladen.

Cruise Ticket – Kreuzfahr-Karten
Unerläßlich, wenn man an einer Kreuzfahrt teilnehmen will. Aber wer will das schon? Höchstens solche Leute, die die Kreuzfahrt in einer Fernsehshow gewonnen haben. Aber warum sollte man versuchen, eine Kreuzfahrt zu gewinnen? Für Larry keine Frage: Frauen, Frauen, Frauen.

Million Dollar Bill – Eine-Million-Dollar-Note
Hat Vor-und Nachteile. Vorteil: Man spart das lästige Nachzählen, wenn man dem glücklichen Gewinner, der in der Lotterie um eine Million Dollar reicher geworden ist, seinen Preis auszahlen will. Nachteil: ist unglaublich schwer zu wechseln. Anders als die Eine-Million-Pfund-Note (Mark Twain) ist sie auch nicht besonders praktisch, um als kreditwürdig zu erscheinen. Kredit gibt's nämlich nicht in Los Angeles. Eine-Million-Lira-Note ist da einfacher zu handhaben.

Swimsuit – Badehose
Braucht man auf einer Kreuzfahrt. Beliebt und aufsehenerregend sind italienische Modelle. Gibt's leider nur in einem original italienischen Laden zu kaufen. Da scheint man aber den Originalpreis in Lira ohne große Rechenarbeit in Dollar übertragen zu haben.

Wad O'Dough – Ein Klumpen Bargeld
Erweist sich in allen Lebenslagen als nützlich. Besonders praktisch, wenn es sich ausschließlich um Hundert-Dollar-Noten handelt. Die gibt's oft als Wechselgeld, wenn man mit einer Million-Dollar-Note bezahlt.

Passport – Reisepaß
Ohne den kommt man nicht außer Landes. Pech, wenn man ohne Paß vor die Tür gesetzt wird. So steht man selbst ohne Paß da, und der Paß wird womöglich auf den Müll geworfen.

Grotesque Gulp – Anstaltspackung Limo
Spezialität einiger Getränkeläden in Los Angeles. Hat die Größe einer Mülltonne, läßt sich aber auch in gefülltem Zustand gut transportieren. Hat schon etliche Schiffbrüchige vor dem Verdursten gerettet.

Sunscreen – Sonnencreme
Lichtschutzfaktor 2000. Larry wird einfach nicht braun. Dafür schützt die Sonnencreme gut gegen Sonnenbrand. Leider nicht wasserfest. Also: Nach dem Bad nochmal eincremen. Gibt's in jeder Drogerie.

Onklunk – Musikinstrument
Sehr selten. Wird in der einschlägigen Fachliteratur nicht erwähnt. Das liegt daran, daß eine Onklunk extrem anfällig gegen Änderungen von Temperatur oder Luftfeuchtigkeit ist. Um das kostbare Instrument dagegen zu schützen, daß es sich verzieht oder verstimmt, wird eine Onklunk sofort nach der Herstellung in einem klimatisierten mexikanischen Bankschließfach eingeschlossen. Der Schlüssel wird dann weggeworfen. Sollte Ihnen trotz dieser allgemein beachteten Sicherheitsvorkehrungen eine Onklunk angeboten werden, seien Sie auf der Hut. Fast immer handelt es sich dabei um Fälschungen oder dunkle Machenschaften.

Fruit – Obst
Gut gegen Hunger. Teilnehmer an Kreuzfahrten finden traditionsgemäß eine Schale mit Obst in ihrer Kabine. Die meisten Gäste nehmen das Obst als Souvenir mit.

Sewing Kit – Nähzeug
Was wäre eine Schwiegermutter – oder potentielle Schwiegermutter – ohne Nähzeug? Man könnte damit Knöpfe annähen oder aus Nadel und Faden eine Angel improvisieren.

Spinach Dip – Spinat-Tunke
Spinat macht Angehörige der christlichen Seefahrt bekanntlich kräftig. Als Tunke macht er Landratten jedoch nur krank. Sollte man rechtzeitig wegwerfen.

Wig – Perücke
Schützt kahle Häupter vor Sonnenstichen, wenn kein Sombrero vorhanden ist. Gibt's beim Friseur.

Bikini – Bikini
Südseeatoll (nördlichstes Atoll der Ralik-Inseln), Schauplatz etlicher Atombombenversuche. Kann man nicht mitnehmen, ist nirgends zu sehen und taucht im Spiel einfach nicht auf.

Bikini Top – Bikini-Oberteil
Hat die Angewohnheit, im Swimmingpool verlorenzugehen. Großer Nachteil: Es reicht allein nicht aus, um sich zu verkleiden.

Bikini Bottom – Bikini-Höschen
Geht seltsamerweise nicht so oft verloren, wie ein Bikini-Oberteil. Wenn man es dringend braucht, um sich zu verkleiden, muß man schon gründlich suchen. Zum Beispiel am FKK-Strand.

Knife – Messer
Braucht jeder richtige Mann. Und Larry. Ein Messer ist ein ungeheuer vielseitiges Werkzeug. Man kann damit alles mögliche zerschneiden.

Soap – Seife
Liegt in Hotels in aller Regel auf dem Waschbecken. Wohl weil die Hotelleitung in aller Regel Wert darauf legt, daß der Gast einen gepflegten Eindruck macht. Die meisten Gäste nehmen die Hotelseife als Souvenir mit. Seife besteht aus den Alkalisalzen höherer Fettsäuren und ist recht vielseitig. Man kann sich damit waschen, mehrere kleine Seifenstückchen zu einem großen zusammenkleben und alles mögliche damit ausstopfen, damit die richtige Rundung entsteht.

Matches – Streichhölzer
Liegen in Hotels in aller Regel auf dem Nachttisch. Obwohl die Hotelleitung in aller Regel keinen Wert darauf legt, daß der Gast das Hotel in Brand setzt. Die meisten Gäste nehmen die Hotelstreichhölzer als Souvenir mit. Außer

Hotels kann man mit Streichhölzern noch andere Dinge anzünden. Zum Beispiel Molotow-Cocktails.

Flower – Blume
Wächst auch im Dschungel. Beliebter Friedensgruß der gleichnamigen Blumenkinder. Hat sich dadurch schon oft darin bewährt, unangenehme Zeitgenossen nachhaltig zu beruhigen.

Hair Rejuvenator – Haarwuchsmittel
Wird von vielen Friseuren angeboten. Ist ähnlich hochexplosiv wie ein Molotow-Cocktail. Nicht trinken. Hat auch als Haarwuchsmittel keine überwältigende Wirkung.

Suitcase – Koffer
Kann alles mögliche drin sein: Unterhosen, Oberhemden, Bomben. Übrigens nichts gegen Bomben: Oder haben Sie noch nie in einer endlos langen Schlange vor einem Schalter gestanden und sich eine Bombe gewünscht?

Airline Ticket – Flug-Ticket
Erhältlich in allen gut sortierten Flughäfen. Ohne Flugschein kommt man nicht ins Flugzeug. Oder wußten Sie das noch nicht?

Parachute – Fallschirm
Die beste Reiseversicherung, wenn man mit kleineren Gesellschaften fliegt.

Bobby Pin – Haarnadel
Für Larry ein traumatisches Erlebnis: Seine Mutter verstreute ihre Haarnadeln immer im Essen. Seither hat Larry ein gestörtes Verhältnis zur Nahrungsaufnahme. In keinem seiner Abenteuer ißt er. Allerdings sucht er gern im Essen nach Haarnadeln und nimmt sie mit. Schließlich sind Haarnadeln ungeheuer praktisch: Man kann mit ihnen jedes beliebige Sicherheitsschloß öffnen.

Pamphlet – Flugblatt, oft religiösen Inhalts
Flugblätter liegen manchmal in Flughäfen aus. Sind zwar sterbenslangweilig, seltsamerweise wirken sie aber auf Leute, die selbst sterbenslangweilig sind (und ebensolche Witze zum Besten geben) ungeheuer anregend.

Airsick Bag – Kotztütchen
Fast jede Fluglinie, die sich nicht sicher ist, ob ihre Piloten so fliegen können, daß den Passagieren nicht schlecht wird, halten solche Tüten bereit. Man findet sie in der kleinen Tasche an der Rückseite des Vordersitzes. Es gibt aber auch Menschen, die diese harmlosen Tütchen mitnehmen und zweckentfremden. Viele Fluglinien weisen deshalb darauf hin, daß sie keine Verantwortung übernehmen, wenn einer ihrer Passagiere das Kotztütchen benutzt, um einen Molotow-Cocktail zu entzünden.

Stout Stick – Ein kräftger Stock
Naturfreunde haben immer einen bei sich, wenn sie sonntags in die unerforschte Wildnis aufbrechen. Man kann sich mit einem kräftigen Stock gut gegen Riesenschlangen verteidigen, die sonst verhindern würden, daß man pünktlich zum Kaffeetrinken wieder zu Hause ist.

Vine – Liane
Tropische Schlingpflanze, die im Dschungel wächst. Vom achtzehnten Earl of Greystoke wird berichtet, daß er den Tick hatte, gern an Lianen hin- und herzuschaukeln und sie bisweilen sogar als Lasso zu benutzen.

Ashes – Asche
Anorganische Reste, die bei der Verbrennung pflanzlicher oder tierischer Substanzen anfallen. Beliebt, um sie schuldbewußt übers eigene Haupt zu streuen. Man kann sie aber auch auf den Boden streuen. So entstehen Sportplätze. Sollte man aber nicht im Eisstadion ausprobieren, da das Eis dann stumpf wird.

5.2.2 Die Lösung

Garage	take Dollar	3
Space Quest Park	look	
	look Girl	4
Hof	look Bin	
	look Hole	5
Getränkeladen	buy ticket	8
Vorzimmer Sender	show ticket	18
Green Room	sit	19
	get up	
	>>>Film<<<	45
	sit	
	get up	
	>>>Film<<<	64
Molto Lira	take swimsuit	69
	pay	72
Haus	look through trash (2x)	
	take passport	77
Drogerie	take sunscreen	
	pay for sunscreen	86
Getränkeladen	take soda	91
	pay for soda	94
Friseur	sit down	
	>>>Film<<<	97
Musikladen	talk to clerk	
	>>>Film<<<	104
Mole	show ticket	113
Kabine	take fruit	116
	open door	
	(Nachbarkabine schnell verlassen)	
	wear swimsuit	
Nachbarkabine	open nightstand	
	take sewing kit	122
Swimming pool	use sunscreen	125
	sit	128
	(Frau abwarten)	
	get up	

	swim	
	take breath	
	dive	
	take top	135
	get out	
	use sunscreen	138
Kabine	wear suit	
Friseur	sit down	
	>>>Film<<<	141
Bar	take spinach dip	143
Kommandobrücke	switch lifeboat timer	149
Oberdeck	enter lifeboat	153
	>>>Film<<<	158
Rettungsboot	wear wig	163
	throw away dip	165
	>>>Film<<<	190
Dschungel	pick flowers	193
	>>>Film<<<	
Restaurant	talk to maitre	
	sit down	194
	>>>Film<<<	195
	take knife	198
Dschungel		
Hotel	take matches	200
	take soap	202
Dschungel		
Friseur	sit down	
	>>>Film<<<	205
Dschungel		
FKK-Strand	take bikini	209
Dschungel		
Restaurant		
Dschungel		
Hotel	wear bikini	214
Dschungel		
Friseur	sit down	
	>>>Film<<<	217

Dschungel		
Strand		
Dschungel		
Restaurant		
Dschungel		
Hotel	put soap into bikini top	229
Dschungel		
Friseur		
Strand		241
Steilküste	change clothes	247
vor Flughafen	give flowers	254
Friseur	look girl	257
	sit down	
	>>>Film<<<	260
Zoll	show passport	265
Gepäckband	take suitcase	
	>>>Arkade<<<	270
	>>>Film<<<	285
Schalterhalle	buy ticket	290
Abflughalle	buy insurance	293
	buy food	
	take pin out	300
Gate 1	take pamphlet	311
	show ticket	314
Flugzeug	give pamphlet to man	324
	take airsick bag	327
	get up	
Flugzeug-Heck	wear parachute	331
	open padlock with pin	336
	turn handle	
	open door	342
In der Luft	use parachute	
Baum	cut harness	350
Dschungel	take stick	354
	crawl under bush	360
Dschungel 2	use stick	370
Treibsand	>>>Arkade<<<	375
Piranha-Bach	jump (3mal)	
	>>>Arkade<<<	381
	take vine	385

Strand	>>>Film<<<	420
Dorfplatz	take ashes	426
Klippe	throw vine at branch	437
Eiskanal	use ashes	447
Krater	stick bag into bottle	452
	light bag	457
	throw bottle away	467
	>>>Film<<<	497

5.3 Leisure Suit Larry 3: Passionate Patti in Pursuit of the Pulsating Pectorals

5.3.1 Die Utensilien

Credit card – Kreditkarte
Ohne die geht heutzutage nichts mehr. Man erhält sie auf dem Postweg - Monate, nachdem man sie bestellt hat.

Sharp knife – Ein scharfes Messer
Braucht jeder Abenteurer (z.B. Indiana Jones). Larry braucht es auch. Wie kommt man aber an ein scharfes Messer? Ganz einfach: Man nimmt ein stumpfes Messer, zum Beispiel ein Ginsu-Messer, das man als Souvenier überall erhält, und schärft es. Dazu nimmt man am besten einen flachen breiten Stein.

Erotic Sculpture – Erotische Skulptur
Spezialität der Eingeborenen von Nontoonyt. Die typischsten Skulpturen werden aus Granadilla-Holz geschnitzt. Dazu braucht man ein sehr scharfes Messer und nicht viel Begabung.

Grass Skirt – Gras-Röckchen
Traditionelle und rituelle Bekleidung der Souvenir-Verkäufer von Nontoonyt. Wie der Name schon besagt, bestehen Gras-Röckchen aus dem für Nontoonyt typischen Gras. Dieses Gras ist schwer zu schneiden, was dazu führte, daß sich die Ur-Bevölkerung von Nontoonyt in zwei verfeindete Gruppen teilte: Die eine Gruppe versuchte, Souveniers unbekleidet zu verkaufen. Die andere Gruppe entwickelte die Schmiedekunst, um scharfe Messer herzustellen, damit das Gras zu schneiden, aus dem Gras schließlich Gras-Röckchen zu flechten und schicklich mit diesen bekleidet dann endlich Souvenirs anzubieten. Die erste Bevölkerungsgruppe starb schließlich verarmt aus.

Soap-On-A-Rope – Seife an einer Kordel
Ungemein praktisch, wenn man nach dem Sport duschen will und nicht weiß, wohin mit der Seife. Nachteil: Fast niemand weiß diesen praktischen Effekt zu würdigen. Daher landen Seifenstücke mit einer Kordel daran

entweder als Geschenke bei Weihnachtsfeiern im Betrieb oder Verein, oder sie werden an unauffälligen Stellen wie zum Beispiel Waschbecken in Umkleidekabinen verbraucht.

500 Dollar Bills – 500 Dollarnoten
Eine Menge Kleingeld. So was braucht man mitunter, wenn man sich juristischen Beistandes versichern muß. Um an soviel Kleingeld zu kommen, lohnt es sich - je nach Begabung - sich mit Kleinkunst zu beschäftigen. Es eröffnet sich ein weites Feld, vom Absingen alten Liedgutes in Kneipen und Fußgängerzonen bis hin zum Tanzen vor großem Publikum: Bargeld lockt.

Land Deed – Landbesitz-Urkunde
Da man ein Stück Land, das man sein eigen nennt, nur in seltenen Einzelfällen mit sich herumtragen kann, ist man auf eine Urkunde angewiesen, wenn man das Stück Land verschenken will. Besonders zum Verschenken geeignet ist die sogenannte "Land Deed", die Besitzurkunde über ein wertloses Stück Sumpfland.

Beach towel – Strand-Handtuch
Natürliches Vorkommen: Hotelstrände. Erntezeit: Nachdem die Hotelgäste den Strand verlassen haben. Das geschieht selten, ehe nicht auch das letzte Souvenir an den Mann oder die Frau gebracht wurde. Besonders eignen sich Strand-Handtücher zum Abtrocknen, wenn man nach dem Sport geduscht hat (wußten Sie das wirklich noch nicht?).

Spa Keycard – Gesundheitszentrums-Schlüsselkarte
Deutsch ist leider mitunter eine etwas umständliche Sprache. Also der Reihe nach: Das Gesundheitszentrum ist eher eine Art Fitneß-Club, der seinen Mitgliedern alles bietet, was man so braucht, um den Körper etwas ansprechender zu gestalten, als Natur oder Lebensführung das vorgegeben haben. Die Schlüsselkarte ist Mitgliedskarte und Generalschlüssel in einem. So ist es den Clubmitgliedern jederzeit möglich, die vorhandenen Einrichtungen zu nutzen. Gleichzeitig wird sichergestellt, daß Nichtmitglieder draußen vor der Tür bleiben – es sei denn, sie bekommen durch einen dummen Zufall eine Schlüsselkarte in die Hand.

Divorce Decree – Scheidungsurkunde
Nur mit juristischer Unterstützung zu erhalten. Gern gesehenes Accessoir bei Damen, denen die Ehe als Institution heilig ist.

Some Orchids – Ein paar Orchideen
Obwohl sie in tropischen Gefilden wachsen wie Unkraut, sind Kränze, die man aus ihnen windet, immer noch ein beliebter und gern gesehener Willkommensgruß. In der Eingeborenensprache nennt man diese Kränze "Lei". Leider welken Orchideen schnell. Aber sie wachsen ja wie Unkraut. Also kann man immer einen neuen Lei machen, wenn man gerade einen braucht.

Penthouse Key – Penthouse-Schlüssel
Braucht man, um mit dem Aufzug ins Penthouse zu gelangen. Ist aber schwer zu besorgen, weil die rechtmäßigen Besitzer diese Schlüssel eifersüchtig bewachen und nur ausgewählten Mitmenschen absichtsvoll anvertrauen.

Bottle of Wine – Flasche Wein
Im gefüllten Zustand bekanntermaßen ein sinnvolles Utensil, um einer jung erwachten Zweierbeziehung den letzten Reiz zu geben (siehe Larry 1). Im geleerten Zustand gut geeignet, um Flüssigkeit zu transportieren. Wein wird in allen möglichen Etablissements serviert. In einigen Varietés aber erst, nachdem der Entertainer mit seiner Nummer fertig ist.

Panties – Schlüpfer
Dessou. Nicht sehr nützlich, sieht aber gut aus und schadet niemand.

Pantyhose – Strumpfhose, Hauptbestandteil Nylon
Sollte man/frau nach Möglichkeit mit sich führen. "Man", weil es bisweilen Situationen gibt, in denen Nylonstrümpfe die einzige konvertierbare Währung darstellen - solche Situationen haben sich in den vergangenen Jahrzehnten aber nicht mehr oft ergeben. "Frau", weil sie einen guten Schutz gegen Wind und Kälte bieten. Sollten Wind und Kälte einmal nicht vorhanden sein - zum Beispiel auf tropischen Inseln - kann frau immer noch versuchen, sich mit Hilfe ihrer Nylon-Strumpfhose von einem Abhang abzuseilen.

Bra – Büstenhalter
Dessou, das im weitesten Sinne dazu dient, zwei runde oder rundliche Gegenstände zusammenzubinden. Natürliches Vorkommen: von Frauen genutzte Hotel- und Schlafzimmer. Wird am Körper getragen.

Dress Kleid (auch "gown") – Damenoberbekleidung
Dient zuverlässig zur Verhüllung verschiedenster Dessous. In früheren Zeiten neigten mildtätige Frauen dazu, ihre Kleider zu zerreißen, um aus

den Fetzen ihrer Kleider Verbände für verwundete Krieger herzustellen. Ähnliche Verwendung findet sich auch in den Abenteuern unserer Tage für solche Fetzen. Typisch für die weiblichen Darsteller in Abenteuerfilmen und -spielen ist der Umstand, daß im Verlauf der Handlung von ihren Kleider immer mehr Fetzen verschwinden und daher immer weniger zur Verhüllung von Dessous übrigbleibt.

Magic Marker – Markierstift
In den USA werden Markierstifte, die in Leuchtfarben schreiben, als Magic (magische) Marker bezeichnet. In einem Tropenparadies, wo funktionierender Voodoo nie auszuschließen ist, könnte auch ein Marker vom Medizinmann stammen. Wenn man einen solchen Markierstift sucht, sollte man sich in der Nähe von Tafeln umsehen, die mit einem Magic Marker beschriftet sind.

Coconuts – Kokosnüsse
Rund, braun und haarig. Bisher war noch nicht zu ergründen, zu welchem Zweck die Haare an einer Kokosnuß zu benutzen sind. Auch der Nutzen der Kokosnuß selber liegt weitgehend im dunkeln. In einen Nußknacker passen sie nicht. Das Fruchtfleisch ist nicht sehr saftig (dafür hat's aber auch keine Kerne). Um wilde Tiere mit gezielten Würfen zu verscheuchen, ist eine einzelne Kokosnuß zu klein. Das wäre etwas anders, wenn man zwei Kokosnüsse zusammenbinden könnte und sie so gleichzeitig an den mißliebigen Kopf zu werfen.

Marijuana – Marihuana
Tabakartiges Gemisch aus getrockneten Blüten und Blättern der weiblichen Pflanze des indischen Hanfs. Raucht man es, wird einem ganz leicht und seltsam im Kopf. Raucht man es nicht, kann man es auch zu weniger lustigen Sachen verarbeiten - zum Beispiel zu Seilen.

5.3.2 Die Lösung

Aussichtspunkt	use binoculars	2
	read plaque	4
Haus	>>>Film<<<	
Dschungel2	>>>Film<<<	
Firma	>>>Film<<<	
Dschungel1	Take wood	6
Haus	open mailbox	
	look into mailbox	
	take envelope	26
Strand	look at girl	
	talk to girl (3mal)	
	give her credit card	48
	>>Film<<	116
TV-Platz	turn on TV	
	sit on bench	
	take paper	
	read paper	
	stand up	
Brunnen	look at Stairs	
	sharpen knife on stairs	166
	carve wood	216
vor Chip'n'Dales	cut grass with knife	236
	make shirt	266
Umkleidekabine	wear skirt	276
Strand	>>>Film<<<	311
Show-Lobby	show ticket	
	give 20 Dollars	
	>>>Film<<<	361
Foyer	(warten, bis Cherry erscheint)	
	look at girl	
	talk to girl	366
	offer land	391
	stop looking	
Kanzlei	ask for deed	401
Büro	sit down	
	ask for deed	431
	Kanzlei verlassen	

Comedy hut	sit down	
	>>>Film<<<	
	get up	531
Kanzlei	ask for deed	551
Foyer	knock on door	576
	>>>Film<<<	576
	dance	619
Unterwegs	look mirror	621
Kanzlei	talk to Roger	
	Auf die Frage nach den 500 Dollar mit "yes" antworten	631
	>>>Film<<	731
	talk Roger	
Showroom-Bühne	wear suit	756
Casino Lounge	sit	
	look Patti	
	talk Patti	761
	make a date	
	leave patti	
Kanzlei	ask for divorce decree	781
	look at decree	881
	show keycard to Roger	
Casino Lounge	sit	
	look Patti	
	talk Patti	
	make a date	
	show decree	981
	make date	
	leave Patti	
Umkleidekabine	turn water on	983
	take soap	995
Strand	take towel	997
Fat City, Aerobic Studio	Open door with keycard	1000
	Look girl	
	Talk girl	
	leave girl	
Vorraum	open door	1003

Umkleideraum	find locker	
	turn Keycard	1068
	open door	1168
	wear sweats	1172
	close locker	
Kraftraum	Use leg curl	
	get up	
	use bench press	
	get up	
	use pullup	
	get up	
	use bar pull	
	get up	
	>>>Film<<<	1172
Umkleideraum	open locker	
	wear towel	
	close locker	
Dusche	turn water on	
	use soap	1332
	turn water off	
Umkleideraum	open locker	
	use towel	1354
	Use deodorant	1381
	wear suit	
	close locker	
	look girl	
	talk girl	
	talk girl	
	talk girl	
	help girl with video	1439
	>>>Film<<<	1483
Piano Bar	sit	
	look at girl	
	talk girl	
	make date	
	stop looking	
Höhle	pick orchids	1508
Hotel Floor	make lei	1558
Piano Bar	sit down	
	look at girl	

	give her lei	1580
	make a date	1680
	>>>Film<<<	
	get up	1783
Strand	spread towel	1813
Chip'n'Dales	take bottle	1828
Hotelhalle	push button	
Aufzug	look button 9	1832
Penthouse	drop wine	1870
	>>>Film<<<	
	>>>Filmende<<<	2332
	wear bra	2352
	wear panties	2372
	wear pantyhose	2392
	wear gown	2402
	take bottle	2427
Aufzug	press 1	
Piano Bar	take glass	2452
	take marker	2502
Umkleidekabine	fill bottle	2539
	drink water	
vor Chip'n'dales	talk to man	
	give tips	2582
Chip'n'Dales	sit down	
	talk to Dale	
	look at Dale	2583
	talk to Dale	
	stop looking	
	get up	
Dschungel	drink water (unterwegs)	2603
Weg:	Nord, Nord, Ost, Ost, Nord, West, Nord, Ost, Nord, Nord, Nord, West, West, Süd, West, West, Nord, Nord, West, Nord	2703
Fluß	drink water	2745
Cliff	remove pantyhose	2760
	tie pantyhose to rock	2775
	>>>Film<<<	2800
Felsabsatz	take pot	2810

	make rope	2910
	climb palm tree	
	look	
	look up	
	look nuts	
	pick coconuts	2935
	climb down	
	throw rope over canyon	2955
	tie rope to tree	2975
	rip dress	3025
	climb rope	
	>>>Film<<<	
Dschungel	remove bra	3030
	put coconuts into bra	3075
	throw bra at pig	3175
Fluß	move log into water	3185
	sit on log	3205
	>>>Arcade<<<	3060
	>>>Film<<<	
Kannibalenkäfig	use magic marker	3845
	>>>Film<<<	
Space Quest	Studio unplug wire	3885
	>>>Film<<<	4000

6. Anhang

In diesem Anhang finden Sie alles, was Sie zur Installation der Spiele oder zu weiteren technischen Fragen wissen müssen oder wollen. Dies ist neben einigen Tips zur Spielweise mit Disketten und der Installation auf die Harddisk noch einiges zum Thema Konfiguration der Rechner und zum Thema Sound.

6.1 Larry mit dem PC

Wir wollen hier nicht die üblichen Klagen wiederholen, die über die mangelnden Musik- und Grafikfähigkeiten der PC bekannt sind. Sierra hat es mit den Larry-Spielen geschafft, unabhängig von all diesen Mängeln Spiele auf dem PC zu "erwecken". Dazu bediente man sich im wesentlichen der Spielidee und gute Texte.

Im folgenden werden wir Ihnen dennoch vorstellen, wie Sie die Spiele so installieren, daß Sie die bestmögliche Darstellung erhalten. Weiterhin weisen wir auf einige Probleme beim unsachgemäßen Umgang mit den Spieldateien hin.

6.1.1 Mögliche Probleme

Hinter vorgehaltener Hand wurden des öfteren Vermutungen laut, die Larry-Spiele würden mit Virusprogrammen versehen verteilt. Wir haben bisher noch keinen Beweis für diese Behauptung gefunden. Jeder sollte für sich gut überlegen, ob nicht die Geldausgabe für eine Originalversion (virenfrei) besser ist als das Risiko, eine verseuchte Diskette von irgendwem zu bekommen!

Wer versucht, seine Larry-Version auf eigene Faust der konkreten Computerumgebung anzupassen, d.h. Dateien zu verändern oder auch zu löschen, der muß sich umsichtig verhalten! Beim Versuch, der PC-Version von Larry 3 die Eingangsmusik abzugewöhnen, haben wir eine Datei mit 0 KByte Größe angelegt und statt des Standard-Sound-Treibers (STD.DRV) in das Unterverzeichnis gespeichert. Die Überlegung, wo im Treiber nichts steht, kann auch keine Musik erzeugt werden, täuschte. Die Spiele von Sierra-Online versuchen das Optimale aus den Sound-Fähigkeiten des PC-Piepsers "herauszuholen". Dazu wird so tief in das System eingegriffen, daß bei unserem PC-AT-Computer das CMOS-RAM gelöscht wurde. In diesem CMOS-RAM speichert der PC-AT und kompatible Computer ja die gesamten System-Setup-Informationen. Unser AT kannte somit weder ein Laufwerk, noch eine Grafikkarte, von der Festplatte ganz zu schweigen. Dies mußte alles neu konfiguriert werden. Fazit: Wer sich nicht besonders gut in der Hardware seines Computers auskennt, sollte vor eventuellen Veränderungen der Sierra-Dateien auf jeden Fall die Daten aus seinem Setup aufschreiben, damit eine eventuelle Rekonstruktion schnell und sicher funktioniert.

Noch sicherer ist es, wenn Sie sich an die im folgenden aufgelisteten Installationsempfehlungen halten.

6.1.2 Installation auf Disketten

Wer einen PC sein eigen nennt, der nur mit einem oder zwei Diskettenlaufwerken ausgestattet ist, braucht dennoch nicht auf das Spielen von Sierra-Adventures zu verzichten. Allerdings ist es von Vorteil, ein 3 1/2"- oder ein 5 1/4"-High-Density Laufwerk zu besitzen. Wenn Sie nämlich nur die "kleinen" 360-KByte-Disketten verwenden, müssen Sie sich in den spannendsten Szenen als Diskjockey vergnügen.

Larry 1

Das erste Larry-Adventure arbeitet mit einer sogenannten "Keydisk". Die erste Original-Diskette enthält ein spezielles Kennzeichen, das die unerlaubte Weiterverbreitung des Spiels durch Kopien verhindern soll. Kopieren Sie dennoch vor weiteren Aktionen die Originaldisketten!

Danach arbeiten Sie folgendermaßen:

1. Starten Sie Ihren Computer, und laden Sie dessen Betriebssystem.
2. Formatieren Sie mehrere Disketten (drei 5 1/4" DD, zwei 3 1/2"DD, eine 5 1/4" HD oder eine 3 1/2" HD Diskette).
3. Kopieren Sie die Spieldateien von den Originaldisketten mit

   COPY A:*.* B:

von Laufwerk A auf Laufwerk B. Besitzt Ihr Computer kein zweites Laufwerk, so legen Sie zunächst die Originaldiskette (Schreibschutz nicht vergessen!) in Laufwerk A und geben dann den oben genannten COPY-Befehl ein. Das Betriebssystem fordert Sie nach Einlesen der Originaldateien auf, eine Diskette für das zu simulierende Laufwerk B in das Laufwerk A einzulegen. Entfernen Sie dann die Originaldiskette, und legen Sie die Spieldiskette in Laufwerk A ein.

Arbeiten Sie mit DD-Disketten im 5 1/4"-Format, so müssen Sie zwei Originaldisketten auf diese Weise kopieren. Die jeweils überzählige Diskette benötigen Sie später für das Abspeichern der Spielstände.

Larry 2

Larry 2 ist gegenüber der Larry 1-Version erheblich erweitert. Nicht nur die höhere Grafikauflösung und Soundunterstützung, auch die Spieldateien sind erheblich komplexer. Dies macht sich natürlich auch bei der Zahl der Disketten bemerkbar. Sechs Disketten (bzw. drei 3 1/2"-Disks) wollen installiert werden, einiges gilt es zu beachten.

So sind während des Spiels zahlreiche Dateien gleichzeitig geöffnet. Dazu muß das Betriebssystem entsprechend konfiguriert sein. Dies geschieht mit Hilfe der CONFIG.SYS-Datei. Um Larry 2 korrekt spielen zu können, müssen Sie eine vorhandene CONFIG.SYS-Datei unter Umständen verändern oder überhaupt erst einmal anlegen.

Nehmen Sie also Ihre Systemdiskette, und starten Sie Ihren Computer wie gewohnt. Für Besitzer von Laptop-PC gilt das gleiche. Lediglich befindet sich Ihre CONFIG.SYS-Datei in der Regel auf einem simulierten Laufwerk im Arbeitsspeicher des Rechners. Probieren Sie nach dem Start einmal die Umschaltung auf ein Laufwerk C. Ansonsten arbeiten Sie genauso wie die Besitzer von Desktop-Laufwerks-PC.

Lassen Sie sich die Dateiliste mit DIR anzeigen. Finden Sie keine CONFIG.SYS-Datei, so können Sie sie erzeugen. Geben Sie folgende Zeilen ein (am Abschluß einer Zeile jeweils die Return- oder Enter-Taste betätigen):

```
COPY CON CONFIG.SYS
FILES = 15
<F6>
```

Nach dem abschließenden Betätigen der Funktionstaste 6 erscheint die Meldung

1 File(s) copied (1 Datei(en) kopiert)

Damit ist das System fertig konfiguriert, und Sie müssen nun erneut mit der Systemdiskette, die jetzt die CONFIG.SYS-Datei enthält, Ihren Computer starten.

Enthält Ihre Systemdiskette bereits eine CONFIG.SYS-Datei, so müssen Sie zunächst kontrollieren, ob diese Datei eine Zeile

FILES =

enthält. Dazu verwenden Sie einen DOS-Befehl. Legen Sie die Systemdiskette ins Laufwerk, und geben Sie ein:

TYPE CONFIG.SYS

Betätigen Sie am Ende der Zeile die Return- oder Enter-Taste, und die Datei CONFIG.SYS wird auf dem Bildschirm aufgelistet. Kontrollieren Sie, ob ein Eintrag für FILES vorhanden ist. Die Summe muß 15 oder höher sein.

Fehlt der Eintrag FILES oder ist er kleiner als 15, so sollten Sie folgendermaßen vorgehen, um die Datei zu ergänzen:

Rufen Sie mit

EDLIN CONFIG.SYS <RETURN>

den DOS-Editor auf. Natürlich können Sie auch einen beliebigen anderen ASCII-Editor verwenden, der meist komfortabler als EDLIN arbeitet. Kann Ihr System den Editor nicht finden, erscheint folgende Meldung:

Befehl oder Dateiname nicht gefunden

In diesem Fall müssen Sie zunächst mit DIR Ihre Systemdisketten nach der EDLIN.EXE-Datei absuchen. Haben Sie diese gefunden, legen Sie die Diskette in Laufwerk A und geben folgenden Befehl ein:

EDLIN B:CONFIG.SYS <RETURN>

Auch wenn Sie nur ein Laufwerk besitzen, schaltet das DOS automatisch um und simuliert ein B-Laufwerk. Sie werden nun aufgefordert, eine Diskette für Laufwerk B einzulegen. Legen Sie die Systemdiskette ein, die die CONFIG.SYS-Datei enthält.

Ist die Datei geladen, meldet sich EDLIN mit einem Sternchen. Geben Sie den Buchstaben "L" ein, so wird der Inhalt der Datei gelistet. Merken Sie sich die Zahl, die neben dem FILES-Eintrag steht. Geben Sie nun diese Zeile ein, so wird diese Zeile vom Editor aufgerufen und kann neu eingegeben werden. Tragen Sie hier ein:

FILES = 15 <Return>

War noch kein FILES-Eintrag in der CONFIG.SYS vorhanden, geben Sie als Befehl ein:

1i

Damit wird vor der ersten Zeile der Datei eine neue Zeile eingefügt. Tragen Sie nun ein:

FILES = 15

Die ergänzte bzw. geänderte Datei speichern Sie mit dem Befehlsbuchstaben "E" ab. Um nun mit der Installation fortzufahren, starten Sie zunächst Ihren Computer mit der geänderten CONFIG.SYS-Datei neu.

Ab Larry 2 enthält die erste Diskette ein Installationsprogramm, sinnigerweise INSTALL.EXE genannt. Machen Sie zunächst Kopien von Ihren Originaldisketten, und verwenden Sie nur diese Kopien. Ein Ersatz der Originaldisketten aus den USA dürfte schwierig, langwierig und teuer werden.

Legen Sie nun die Diskette 1 ins Laufwerk, und rufen Sie mit

INSTALL

```
Sierra Game Setup/Installation Program
(C) Copyright 1988, Sierra On-Line, Inc

Please select your Adapter/Monitor combination from the
choices below.  The optimum configuration will produce a
displayed resolution of 320H by 200V in 16 colors.

EGA/VGA with RGB monitor - 16 Colors
IBM PS2, Models 25 & 30 (MCGA) with RGB Monitor - 16 Colors
Tandy 1000 with RGB monitor - 16 Colors
CGA with RGB monitor - 2 Colors
CGA with RGB monitor - 4 Colors
Hercules 720 x 348 - monochrome
PCjr with RGB or Composite monitor - 16 Colors

Use ↑, ↓ and ENTER to select.  ESC to exit.  F1 for help.
```

das Installationsprogramm auf. Das Programm schlägt Ihnen verschiedene Konfigurationsmöglichkeiten vor. Entsprechend Ihrem Computer müssen Sie diese Angabe eventuell verändern. Neben dem Computertyp geht es um die Grafikkarte und - erstmals bei Larry - um die Soundunterstützung. Weiterhin werden Sie gefragt, ob Sie einen Joystick verwenden oder mit einer Maus arbeiten wollen. Die Maus muß entsprechend über einen Maustreiber vor Beginn des Spiels aktiviert werden. Sehen Sie dazu im Zweifelsfall in das Maus-Handbuch.

Nach erfolgter Installation werden Sie gefragt, ob Sie das Spiel auf einer Festplatte installieren wollen. Brechen Sie diesen Schritt mit <ESC> ab, so wird die Datei mit den Konfigurationsinformationen auf Laufwerk A abgespeichert. Sichern Sie anschließend diese Diskette - wie alle anderen - mit einem Schreibschutz.

Anschließend können Sie Ihr Larry-Spiel von Laufwerk A aus aufrufen. Je nach Spielsituation werden Sie dann aufgefordert, entsprechende Disketten einzulegen. Wollen Sie den Spielstand speichern (und das sollten Sie oft!!), dann empfiehlt es sich, zusätzlich formatierte Disketten bereitzuhalten, die nur der Aufnahme der gespeicherten Spielstände dienen.
Gestartet wird das Spiel durch Aufruf der Datei SIERRA.COM.

Larry 3
Bei Larry 3 hat Sierra noch einmal kräftig hingelangt: Die Zahl der Disketten hat sich auf 8 (4) erhöht. Die Installation wird aber ebenso wie bei Larry 2 durchgeführt. Bitte lesen Sie daher das Kapitel über Disketteninstallation von Larry 2. Zu beachten ist bei der Installation vor allem die erweiterte Unterstützung von Soundkarten für den PC. Wer darüber mehr wissen möchte, der lese bitte in dem entsprechenden Kapitel nach. Nach Abschluß der Installation wird Larry 3 wie üblich mit

SIERRA <Return>

gestartet.

6.1.3 Installation auf der Festplatte

Festplatten bieten auch bei Spielen einen deutlichen Gewinn an Ladezeit und Bequemlichkeit. Sierra-Spiele lassen sich besonders leicht installieren. Einige Punkte sind aber in den Sierra-Handbüchern nicht erklärt.

Larry 1
Larry 1 arbeitet mit einer "Keydisk". So müssen Sie auch bei einer Installation auf der Festplatte jedesmal die Originaldiskette bereithalten. Dennoch lohnt sich die Festplatten-Installation durch die gewonnene Geschwindigkeit und die einfachere Spielweise (Diskettenwechsel entfällt) allemal. Denken Sie aber daran, Ihre Originaldiskette sofort mit einem Schreibschutz zu versehen. Schon öfters haben Spieler die Originaldisk in Laufwerk A unbrauchbar gemacht, weil Sie diese einfach bei der späteren Arbeit vergessen hatten.

Gehen Sie folgendermaßen vor:

1. Schalten Sie den Computer ein, und warten Sie ab, bis das Betriebssystem geladen ist.

2. Legen Sie die Originaldiskette 1 in das Laufwerk A. Wechseln Sie mit

   A:

   das aktive Laufwerk.

3. Auf der ersten Originaldiskette befindet sich das Batch-Programm INSTALLH. Rufen Sie dieses Programm durch die Eingabe des Programmnamens und der Zielfestplatte auf. Ein Beispiel:

   INSTALLH C:

   installiert das Larry 1-Spiel auf der Festplatte C.

Das Installationsprogramm legt - falls notwendig - ein Unterverzeichnis namens "SIERRA" an. Unterhalb dieses Verzeichnisses wird dann das Verzeichnis LL angelegt, in das die eigentlichen Spieldateien kopiert werden. Gestartet wird später aus dem SIERRA-Verzeichnis mit Hilfe einer LL.BAT-Datei.

Wie immer bei Batch-Dateien kann es in manchen Fällen zu Problemen kommen: Wenn bei Ihnen die Meldung

"Umgebungsspeicher erschöpft"

erscheint, kann Ihr Betriebssystem die für die Abarbeitung dieser Batch-Datei notwendigen Parameter (wie Laufwerksbezeichnung, Dateinamen, Textanzeigen oder ähnliches) nicht verarbeiten.

In diesem Fall sollten Sie entweder für die Installation von Larry 1 einmal von Diskette booten oder alle nicht benötigten Angaben in der AUTOEXEC.BAT-Datei löschen. Für den Umgebungsspeicher kommen vor allem die PROMPT-Angaben (Kopfzeile, Farbe, Datum etc.) und die Pfadangaben (PATH =) in Frage.

Eine andere Möglichkeit ist die Hochsetzung des Umgebungsspeichers. Dies sollten Sie aber nur dann in Erwägung ziehen, wenn die Meldung über den zu kleinen Umgebungsspeicher jedesmal beim Booten des Betriebssystems auf dem Bildschirm angezeigt wird.

Larry 2 und 3

Die Installation von Larry 2 und Larry 3 auf die Festplatte geschieht mit demselben Installationsprogramm INSTALL.EXE wie bei der Disketteninstallation. Lediglich der Menüpunkt, wo nach der Eingabe eines Laufwerkbuchstabens für die Festplatte gefragt wird, darf nun nicht übersprungen wer-

```
Sierra Game Setup/Installation Program
(C) Copyright 1988, Sierra On-Line, Inc

If you wish to install this game on your hard
disk, type the letter of your hard disk.

If you wish to skip this step, press ESC.

(ESC or C through Z)
```

den. Geben Sie einfach den Buchstaben des Laufwerkes an, auf dem das SIERRA-Verzeichnis mit dem entsprechenden Larry-Unterverzeichnis angelegt werden soll.

Ebenso wie bei Larry 1 werden Unterverzeichnisse unterhalb des SIERRA-Directories angelegt. Gestartet wird das Spiel durch die Batch-Dateien

LSL2.BAT

oder

LSL3.BAT

aus dem SIERRA-Verzeichnis.

Für das Abspeichern von Spielständen können Sie nicht nur das eigentliche Larry-Unterverzeichnis benutzen, sondern auch jedes andere auf der Festplatte vorhandene. Praktischer ist es aber, vor allem wenn der Computer in der Firma steht, wenn die Spielstände auf einer extra bereitgehaltenen, formatierten Diskette abgespeichert werden. So können Sie jederzeit einen vorherigen Spielstand wieder aufrufen. Zum Beispiel, wenn Sie vergessen haben, einen Gegenstand mitzunehmen, den Sie später dringend brauchen.

6.2 Die Dateien der PC-Version

Einige der mitinstallierten Dateien der Larry-Spiele benötigen Sie nicht. Wenn diese Dateien im Wege sind (bei mehreren Larry-Spielen wird auch eine 20 MByte-Festplatte irgendwann voll), sollten Sie diese löschen.

6.2.1 Larry 1

_INSTALL	BAT	Ausführungsbatch für Installation
LL	COM	Kommandodatei fürs Spiel
AGI		Programmdatei
AGIDATA	OVL	Programmdatei
CGA_GRAF	OVL	CGA-Grafik Overlay
JR_GRAF	OVL	Grafik Overlay für PC Junior
EGA_GRAF	OVL	EGA- und VGA-Grafik Overlay
HGC_GRAF	OVL	Hercules-Grafik Overlay
VG_GRAF	OVL	Grafik Overlay für IBM-kompatible PC
IBM_OBJS	OVL	Objektdatei für IBM-Grafik (Cga, Ega, VGA)
HGC_OBJS	OVL	Objektdatei für Hercules-Grafik
HGC_FONT	,	Bildschirmfonts für Hercules-Grafik
LOGDIR		Programmdatei
PICDIR		Programmdatei
VIEWDIR		Programmdatei
SNDDIR		Programmdatei
OBJECT		Programmdatei
WORDS	TOK	Programmdatei
VOL	0	Programmdatei
VOL	1	Programmdatei
VOL	2	Programmdatei

Wie aus dieser Aufstellung zu ersehen ist, können die Grafiktreiber, die Sie für Ihre Konfiguration nicht benötigen, gelöscht werden. Vergewissern Sie sich zunächst, über welche Grafikkarte Ihr PC verfügt. Löschen Sie anschließend die nicht notwendigen Grafikdateien.

6.2.2 Larry 2

Zwischen Larry 1 und den weiteren Larry-Abenteuern liegt ein kräftiger Entwicklungssprung. Als Larry 1 veröffentlicht wurde, waren gerade die ersten VGA-Karten in IBM-PS/2-Modellen verfügbar. Von daher war das Spiel voll auf EGA als höchstauflösende Grafikkarte abgestellt. Mit Larry 2 wurde der Spiele-Editor so verändert, daß auch VGA-Grafik nun unterstützt wurde. Zusätzlich wurde nun auch Sound auf dem PC unterstützt, die wichtigsten Soundkarten werden über spezielle Treiber angesteuert. Die Struktur der Dateien ist von daher auch verändert. Die Installation des Spiels kann nun auch im nachhinein ohne Probleme mit dem mitgelieferten Installationsprogramm durchgeführt werden. Wer dies nicht will, kann auch bei Larry 2 alle nicht direkt benötigten Dateien löschen. Die Files im einzelnen:

Hilfsprogramme		
INSTALL	EXE	Installationsprogramm
__INSTH	BAT	
Grafiktreiber		
EGA320	DRV	Ega-Grafik
MCGA320	DRV	MCGA-Grafik (IBM PS/2 30)
TANDY320	DRV	Grafiktreiber für Tandy-Computer
PCJR320	DRV	Grafiktreiber für PC Junior
CGA320C	DRV	CGA-Grafik
CGA320BW	DRV	CGA-Grafik, Schwarzweiß-Monitor
HERCMONO	DRV	Hercules monochrome Grafik
Soundtreiber		
STD	DRV	Standard PC Sound Treiber
JR	DRV	Soundtreiber für PC Junior
ADL	DRV	Adlib-Music Card
IMF	DRV	IBM PC Music Feature Card
MT32	DRV	Roland MT-32 Sound-Modul
CMS	DRV	Zusätzlicher Treiber Für Game Blaster Karte nachträglich installiert
PATCH	101	Mit Game Blaster Karte nachträglich installiert

Keyboardtreiber

IBMKBD	DRV	Für IBM kompatible PC
TANDYKBD	DRV	Für Tandy-PCs
JOYSTICK	DRV	Für Joysticksteuerung über Game-Port

Programmdateien

EXISTS	COM	Prüfprogramm
SIERRA	COM	Spielstart
SCIV	EXE	Spielinterpreter
RESOURCE	MAP	Programmdatei
RESOURCE	001	Programmdatei
RESOURCE	CFG	Aktuelle Konfiguration
RESOURCE	002	Programmdatei
LSL2	QA	Copyrighttext
RESOURCE	003	Programmdatei
RESOURCE	004	Programmdatei
RESOURCE	005	Programmdatei
RESOURCE	006	Programmdatei

gespeicherte Spiele

LSL2SG	DIR	Titel der Dateien in Larry
LSL2SG	000	Dateiname für 1. gespeichertes Spiel
LSL2SG	001	Dateiname für 2. gespeichertes Spiel
LSL2SG	002	Dateiname für 3. gespeichertes Spiel
LSL2SG	003	Dateiname für 4. gespeichertes Spiel
		usw. bis 10 Spiele im Directory gespeichert sind.

Die aktuelle Konfiguration ist im File RESOURCE.CFG abgespeichert. Mit dem DOS-Befehl TYPE oder einem Editor können Sie diese Datei ansehen bzw. ändern. Es empfiehlt sich aber, Konfigurationsänderungen über INSTALL.EXE abzuwickeln.

6.2.3 Larry 3

Entscheidende Änderungen in der Struktur der Dateien gegenüber Larry 2 gibt es bei Larry 3 nicht. Es werden lediglich einige Soundkarten mehr unterstützt. Neuhinzugekommene Dateien sind:

Soundtreiber		
CMS	DRV	Creative Music System/Game Blaster
FB01	DRV	YamahaFB-01 FM Sound Generator
MT540	DRV	Casiotone MT-540/CT-460
CSM1	DRV	Casio CSM-1 Sound Module
Hilfsdateien		
README	COM	Leseprogramm
README	TXT	Aktuelle Hinweise
Programmdateien		
LARRY3	DRV	Aktuelle Treiberanpassung

6.3 Sound mit dem PC

Kennen Sie dieses neunmalkluge Daherschwätzen? Wenn Sie begeistert von etwas Neuem berichten und Ihr Zuhörer nicht nur das alles bereits kennt, sondern vor allem weiß, wie es noch besser geht?

So ging es jedenfalls manchem Larry-Spieler auf dem PC. Kaum war man an die bewegte Grafik gewohnt, unterhielt sich mit anderen, schon hieß es: "Ja, aber mit Sound erst, das mußt Du mal hören!". Glücklich, wer mit einem Atari St oder einem Amiga spielte. Für den waren die Wege nicht weit, ist doch der Atari ST von Hause aus musikfähig und enthält eine Midi-Schnittstelle, so daß der Anschluß eines Musikgerätes zum Abspielen der Musikbegleitung von Larry kein Problem ist.

Auch wer einen Amiga sein eigen nennt, hat wenig Probleme seinen Larry richtig ins Schwingen zu bringen. Lediglich einige Lautsprecher sind notwendig, um das Klangergebnis der tollen Amiga-Chips hörbar werden zu lassen.

Doch auf dem PC war das anders. In der Entwicklung des PCs war Sound zunächst überhaupt nicht vorgesehen. Ein einfacher kleiner Lautsprecher, nur als Piepston bei Fehlern vorgesehen, war alles. Doch bereits kurze Zeit nach Markteinführung erschienen in der Public-Domain-Welt die ersten Tongenerator-Programme für den PC, etwas großspurig bereits Composer genannt.

Schon entwickelte IBM aber, dem Konzept der Erweiterungssteckplätze folgend, die IBM-Soundkarte. Dieser Karte - für den Normalsterblichen viel zu teuer - folgten später die Profi-Musikerweiterungen der Firma Roland. Diese PC-Karten führten aber ein Schattendasein in Musikstudios oder dazu umgebauten Wohnzimmern.

```
Sierra Game Setup/Installation Program
(C) Copyright 1988, Sierra On-Line, Inc

Please select the music/sound capability of your computer.

IBM PC or Compatible Internal Speaker
Tandy 1000 series or IBM PCjr
Tandy 1000 SL, TL series
AdLib Music Synthesizer Card
IBM PC Music Feature card
Yamaha FB-01 FM Sound Generator
Creative Music System/Game Blaster
Casiotone MT-540 or CT-460
Casio CSM-1 Sound Module
Roland MT-32, MT-100, LAPC-1, CM-32L, or CM-64

Use ↑, ↓ and ENTER to select.  ESC to exit. F1 for help.
```

Nach Aussage von Sierra ist die Roland-Karte entwickelt worden, damit auch auf dem IBM PC eine Unterstützung von Midi-Geräten möglich ist. Sierra entwickelte Spielesound zunächst für diese Karte. Bob Siebenberg von Supertramp komponierte einige der herausragenden Soundteile von verschiedenen Sierra-Games. Als die Adlib-Karte für ca. 500 DM auf dem Markt erschien, war es auch für den "einfachen" PC-Anwender durchaus interessant, sich einmal mit den Möglichkeiten der synthethischen Musikerzeugung zu beschäftigen. Kein Wunder, daß auch andere Spielehersteller die Möglichkeiten erkannten, die sich aus solchen Erweiterungen ergeben.

Sierra bot sehr schnell Treiber auch für die Ansteuerung von anderen Soundkarten an. Larry II und Larry III enthalten zahlreiche "Film-Sequenzen". Im Zusammenhang mit einer Soundkarte werden daraus sehens- und hörenswerte Aktionen, die einen dem Kino ähnlichen Eindruck vermitteln. Neuere Karten bieten gleiche oder ähnliche Features zu noch günstigeren Preisen.

6.3.1 Sound-Installation

Sierra hat die Installation von Soundtreibern für die Larry-Spiele Nummer zwei und drei glänzend gelöst. Während der Ausführung des Installationsprogramms werden Sie gefragt, welche Soundmöglichkeiten Sie ausnutzen wollen.

Schwieriger ist die Installation der eigentlichen Soundkarten in Ihrem Computer. IBM PC, AT und dazu kompatible Computer ermöglichen die Aufstockung der PC-Fähigkeiten über sogenannte Erweiterungskarten.

Dazu zählen auch die Soundkarten. Bevor Sie nun eine solche Karte kaufen, sollten Sie sich genauestens über die Hardware-Eigenschaften Ihres Computers unterrichten. So gibt es PC, die keinerlei Erweiterungskarten aufnehmen können (Commodore PC-1 zum Beispiel) und von daher auf Erweiterungsboxen angewiesen sind, die solche Steckplätze für Erweiterungskarten bereitstellen.

Das nächste Problem kann die Art der Steckplätze sein. In der Regel besitzen heutige MS-DOS-fähige Computer mehrere Steckplätze (Slots). Davon sind jedoch oft einige, manchmal sogar alle belegt: serielle Schnittstelle, parallele Schnittstelle, Grafikadapter, Festplattencontroller, RAM-Erweiterung, manchmal sogar eine Prozessorplatine.

Modernste (und teuerste) Computer haben unter Umständen sogar eine sogenannte Microchannel-Architektur. Dies bezeichnet eine von IBM auf den Markt gebrachte Weiterentwicklung von Erweiterungsmöglichkeiten, die nicht kompatibel zu dem alten PC/AT-Standard sind. Bisher gibt es nur eine Soundkarte für diesen neuen Standard, die Roland MT32.

Wenn Sie also überprüft haben (im unangenehmsten Fall durch Nachschauen), daß die gewünschte Soundkarte (halber oder voller Baulänge!) noch Platz findet, sollten Sie sich bei Ihrem PC-Händler vergewissern, daß die Garantie auf das Gerät durch den Einbau nicht erlischt. Im Zweifelsfall übernimmt der Händler vielleicht zu Selbstkosten den Einbau?

Der Einbau und die Inbetriebnahme der Karte selbst gestaltet sich nach unseren Erfahrungen problemlos. Besorgen Sie sich aber die für die gewünschte Verwendung notwendigen Kabel. Wollen Sie zum Beispiel Ihre Stereoanlage damit verbinden, benötigen Sie für die meisten Karten sogenannte Cinch-Stecker. Diese Norm wird vor allem bei amerikanischen und Fernost-Geräten verwendet. Ein Verbindungskabel zu dieser Norm und ein Verlängerungskabel vom Schreibtisch bis zur Stereoanlage sind sinnvoll.

Im Zweifelsfall bitten Sie den Händler, vorher einmal in den Karton mit der Soundkarte gucken zu dürfen, um einerseits die mitglieferten Teile zu kontrollieren und andererseits zu den Anschlüssen passende Kabel zu bestellen.

6.3.2 Die Soundkarten-Kurzcharakteristik

Die im einzelnen von Larry 2 und Larry 3 unterstützten Soundkarten finden Sie in der Dateiliste.

Game Blaster
12-Stimmen-Synthesizer auf einer 8-Bit-Erweiterungskarte halber Baulänge. Der Einbau dieser Karte gelingt ohne Komplikationen mit Hilfe eines Schraubenziehers. Die Karte enthält einen 2,5-Watt-Verstärker, eine Lautstärkeregelung, einen Stereoausgang (alle 12 Stimmen können links oder rechts gelegt werden), Anschlüsse für Kopfhörer, zusätzliche Lautsprecher oder Stereoanlage (Cinch-Buchsen).

Eine Diskette mit 40 gespeicherten Songs liegt der Packung bei. Die Karte benötigt mindestens 256 KByte RAM, Dos 2.0, 5,25"- oder 3,5"-Diskettenlaufwerk, CGA-, MCGA-, EGA- oder VGA-Grafikadapter. Ein Sound- und Composerprogramm ist zusätzlich erhältlich.

AdLib Music Syntheziser Card
Die AdLib ist eine 8-Bit-Erweiterungskarte halber Bauhöhe für IBM kompatible PC. Sie besitzt 11 Stimmen und wird von den meisten Spieleherstellern, die sich mit Sound beschäftigen, unterstützt. Ein Lautstärkeregler und ein Anschluß für Kopfhörer, Zusatzlautsprecher oder Stereoanlage ist auf der Platine enthalten. Eine Diskette mit 25 gespeicherten Liedern wird mitgeliefert. VISUAL COMPOSER, das Sequenzer- und Composer-Programm für die AdLib wird auch von Sierra vertrieben.

Roland MT-32
Diese Roland-Karte ist eine professionelle PC-Erweiterung: 32 Stimmen, eigentlich von 8 Synthesizern gebildet, verbunden mit einem Percussion-

Modul werden gleichzeitig unterstützt. Jeder Synthesizer arbeitet auf einem eigenen Midi-Kanal, der Rhythmus wird auf Kanal 10 gesendet. EASE, das beiliegende Programm, erlaubt das Composen von eigenen Songs. Diese Karte gibt es auch für IBM-Computer mit Microchannel. Je nach Computertyp wird die MT-32 auch über Kabel angeschlossen.

IBM PC Music Feature Card
Diese Erweiterungskarte hat volle Baulänge. Sie besitzt 8 Stimmen, benutzt die FM-Tontechnik und hat 240 definierte Stimmlagen. Der Anwender kann weitere zusätzliche 96 Stimmlagen programmieren. Die Karte enthält einen MIDI-Port, der Geräte nach MIDI-Spezifikation 1.0 unterstützt. Die Karte wird nur von IBM-Händlern vertrieben.

6.4 Larry mit dem Amiga

Die grundsätzliche Handhabung der Spiele-Disketten unterscheidet sich bei der Amiga-Version nicht wesentlich von der PC-Version. Sie sollten vor einer Installation Sicherheitskopien machen. Um anschließend eine korrekte Installation durchführen zu können, müssen Sie alle Kopie-Diskettennamen wieder den Original-Diskettenbezeichnungen anpassen.

Installation des Spiels
Zunächst müssen Sie Ihren Amiga mit der Workbench "booten". Legen Sie anschließend die erste Diskette Ihres Larry-Spiels ein. Mit einem Doppelklick auf das Disketten-Icon öffnen Sie die Diskette, mit einem Doppelklick auf das Install-Icon starten Sie die Installation. Das Installationsprogramm gibt die verschiedenen möglichen Optionen vor, die Sie lediglich mit einem Mausklick anwählen müssen.

Dabei wird auch gefragt, ob Sie das Spiel auf einer Festplatte installieren wollen. Falls Sie dies nicht wollen, klicken Sie auf NO, ansonsten entsprechend auf YES. Mit dem Mauszeiger wählen Sie nun das Laufwerk, auf das installiert werden soll. Das Installationsprogramm schlägt Ihnen nun alle weiteren Vorgänge vor, so u.a. das entsprechende Wechseln der Disketten.

Larry auf dem Amiga starten
Besitzen Sie keine Festplatte und hat Ihr Amiga weniger als ein Megabyte Arbeitsspeicher, so schalten Sie Ihr System aus und koppeln Sie alle externen Laufwerke ab. Legen Sie die erste Diskette des installierten Spiels in

Laufwerk DF0: und schalten Sie anschließend Ihr System wieder ein. Der Amiga bootet nun von dieser Larry-Diskette, und das Spiel beginnt.

Haben Sie das Larry-Spiel auf Ihrer Amiga-Festplatte installiert, so starten Sie zunächst mit der Workbench Ihren Amiga. Mit einem Doppelklick öffnen Sie nun erst die Festplatte, dann den Ordner SIERRA GAMES und anschließend den Ordner des gewünschten Sierra-Spiels. Das Spiel starten Sie nun mit einem Klick auf das Spiel-Icon.

Für das Abspeichern von Spielständen empfiehlt es sich, formatierte Disketten bereitzuhalten. Auch bei einer Festplatteninstallation kann dies empfehlenswert sein, vor allem, wenn mehrere Benutzer mit einem Amiga spielen.

6.5 Larry mit dem ST

Für die Behandlung der Disketten gilt auf dem ST sinngemäß das gleiche wie für die PC-Version: Zunächst ist es empfehlenswert, Sicherungskopien der Spieledisketten zu erstellen und mit diesen die Installation durchzuführen.

Sollten Sie einen Atari 520 ST ohne Arbeitsspeicher-Erweiterung besitzen, so müssen Sie für die Larry-Spiele unter Umständen Arbeitsspeicher freimachen. Dazu müssen Sie die Desktop-Accessories deaktivieren. Am einfachsten geschieht dies, indem Sie alle Files mit *.ACC-Dateinamenerweiterung umbenennen (zum Beispiel in *.ACX).

Spielen vom Diskettenlaufwerk

Im Unterschied zum PC ist es beim ST nicht notwendig, eine Installation durchzuführen, wenn Sie von einem Diskettenlaufwerk aus spielen wollen. Legen Sie einfach die erste Diskette in Laufwerk A: und öffnen Sie sie mit einem Doppelklick auf das Diskettensymbol. Mit einem Doppelklick auf die Datei SIERRA.PRG starten Sie das Spiel. Je nach Notwendigkeit werden Sie zu einem Diskettenwechsel aufgefordert.

Installation auf der Festplatte

Auf einem ST mit Festplatte sind für Sierra-Spiele mehr als 512 KByte Arbeitsspeicher notwendig.

Um das Spiel zu installieren, öffnen Sie die Festplatte durch einen Doppelklick auf das entsprechende Icon. Erstellen Sie einen neuen Ordner (Unterverzeichnis) mit Hilfe des Dateimenüs, und öffnen Sie ihn mit einem Doppelklick.

Nachdem Sie die erste Diskette in Laufwerk A gelegt haben, kopieren Sie den Inhalt dieser Diskette. Dazu klicken Sie auf das Icon der Diskette, halten den Mausknopf gedrückt, und "ziehen" das Icon nun über das geöffnete Icon des neuen Ordners auf Ihrer Festplatte, und lassen dann den Mausbutton los. Dies wiederholen Sie für jede Spielediskette und verwahren anschließend sowohl Ihre Originale als auch Ihre Sicherheitskopie sicher im Schrank.

Das Spiel beginnt - wie in der Diskettenversion – mit einem Klick auf die Programm-Datei SIERRA.PRG in dem angelegten neuen Ordner der Festplatte. Das Abspeichern von Spielständen sollten Sie auf – vorher formatierte - Disketten vornehmen. So können Sie viele Spielstände auf verschiedenen Disketten speichern. Vor allem, wenn mehrere Spieler mit einem Computer spielen, können Sie so unterschiedliche Spielerfahrungen gut trennen. Wollen Sie mehr Spielstände speichern, als ein Unterverzeichnis aufnehmen kann, so können Sie das Unterverzeichnis auch von Larry aus wechseln. Mit <Tab> wechseln Sie in das entsprechende Schaltfeld der Dialogbox.

Sound mit dem ST
Während der PC nur mit aufwendigen Maßnahmen halbwegs erträgliche Musikstückchen von sich gibt, ist der ST "von Hause aus" besser auf musikalische Anforderungen vorbereitet. Die Sierra-Spiele unterstützen standardmäßig den internen Lautsprecher des ST. Sollten Sie ein MIDI-Gerät besitzen, so können Sie mit einem komfortablen Installationsprogramm Ihre Larry-Musik auch darüber abspielen.

Öffnen Sie die Spiele-Diskette (bzw. den entsprechenden Ordner auf Ihrer Festplatte) durch einen Doppelklick auf das Icon. Starten Sie das Musikinstallationsprogramm durch einen Doppelklick auf das MUSIK.PRG-Icon. Das Ausgabegerät ("MUSIC DEVICE") wählen Sie im Options-Menü. Wählen Sie Ihren Synthesizer (oder Atari Internal Sound) durch einen Klick auf den entsprechenden Schaltknopf und ein bestätigendes Ok.

Mit INSTALL GAME aus dem Datei-Menü wird die Installation abgeschlossen und eine neue RESOURCE.CFG-Datei auf die Diskette geschrieben. Um einen ungestörten Genuß der digitalisierten Musik des Larry-Spiels zu haben, müssen Sie Ihren Syntheziser einschalten, bevor Sie das Spiel starten.

Vielen Dank!

Wenn Sie Ihr Buch nicht von hinten nach vorne studieren, dann haben Sie jetzt den ganzen Band gelesen und können ihn an Ihren eigenen Erwartungen messen.
Schreiben Sie uns, wie Ihnen das Buch gefällt, ob der Stil Ihrer "persönlichen Ader" entspricht und welche Aspekte stärker oder weniger stark berücksichtigt werden sollten.
Natürlich müssen Sie diese Seite nicht herausschneiden, sondern können uns auch eine Kopie schicken; für längere Anmerkungen fügen Sie einfach ein weiteres Blatt hinzu. Vielleicht haben Sie ja auch Anregungen für ein neues Buch oder ein neues Programm, das Sie selbst schreiben möchten. Wir freuen uns auf Ihren Brief!

Mein Kommentar: ____________________

____

____

____

❏ Ich möchte selbst DATA-BECKER-Autor werden.
Bitte schicken Sie mir Ihre Informationen für Autoren.

❏ Ich möchte regelmäßig über alle Neuerscheinungen von DATA BECKER Büchern und Programmen informiert werden.

Name ____________________

Straße ____________________

PLZ Ort ____________________

Ausschneiden oder kopieren und einschicken an:

DATA BECKER, Abteilung Support
Merowingerstr. 30, 4000 Düsseldorf 1

440 188

Take Off: Mit dem Copilot in Buchform

Lassen Sie Ihren PC nur so zum Vergnügen auf die Startbahn rollen? Oder sammeln Sie Erfahrungen für den Flugzeug-Führerschein? Der PC-Flugsimulator 3 ist ein so ausgereiftes Programm, das Sie in beiden Fällen auf Ihre Kosten kommen. Nur eines kann die Software nicht: Ihnen den erfahrenen Copiloten ersetzen. Die Tips eines Hobby-Piloten mit vielen Flugstunden finden Sie deshalb jetzt in „Take Off. Das Buch zum PC-Flugsimulator 3". Sie lernen, wie man das Cockpit mit all seinen Instrumenten und Geräten beherrscht, und machen sich in einem intensiven Navigationskurs für Ihren ersten Flug über den Wolken fit. Und natürlich erwerben Sie das nötige Datenmaterial zu den verschiedenen Flughäfen und Funkfeuern sowie das entsprechende Kartenmaterial direkt mit dem Buch. Take Off – keine Angst vor dem Fliegen.

Leinhos
Take Off. Das Buch zum PC-Flugsimulator 3
345 Seiten, DM 39,-
ISBN: 3-89011-364-8

Problemlöser: Die DATA-BECKER-Profi-Führer!

Der DATA-BECKER-Führer zu MS-DOS
482 Seiten, DM 39,80
ISBN 3-89011-490-3

Der DATA-BECKER-Führer zu MS-Word 5.0
487 Seiten, DM 39,80
ISBN 3-89011-491-1

Der DATA-BECKER-Führer zu dBASE IV
697 Seiten, DM 39,80
ISBN 3-89011-492-X

Die Profi-Führer von DATA BECKER zeichnen sich doppelt aus: Erstens finden Sie in jedem Band natürlich alle Befehle und Funktionen des jeweiligen Programms. Kurz und übersichtlich, wie Sie es von den DATA-BECKER-Führern gewohnt sind. Zweitens erhalten Sie aber auch direkte Hilfe, wenn Sie mit dem Programm noch nicht so vertraut sind und Lösungen für ganz konkrete Probleme suchen. Wenn Sie also beispielsweise mit den Befehlen von MS-DOS eine RAM-Disk anlegen oder mit Word eine Tabelle gestalten wollen. Dieser „problemorientierte" Teil der Profi-Führer enthält außerdem jede Menge praktischer Hinweise für ein schnelleres und bequemeres Arbeiten. Damit Sie zudem gleich auf den ersten Blick informiert sind, können Sie sich im ohnehin klar gegliederten Text auch noch an Icons orientieren.

F9856E
HFL 8,50 LFR 175 ÖS 55,- SFR 7,- DM 7,-
4/90
PC Praxis
PCPraxis
AT's zum Dumping-Preis
286er im Ausverkauf?
Test: Vier Low-Cost-Systeme mit VGA
Word für Windows
Textverarbeitung der Zukunft im Test
Software Praxis
NEU: Das Super-Tool
Komfortabler DOS-Editor
Achtung Viren!
So schützen Sie Ihren PC
Praxistest
Faxkarten/Faxgeräte
CeBIT'90
Das sind die Produkte des Jahres!